パール文庫

# 紫の謎

松本泰 著

真珠書院

# 目次

## 紫の謎



## 黄色い霧

# 紫の謎

## 父の秘密

西の空を一杯に染めた凄まじい夕陽が、雲雀《ひばり》ヶ岡の高台に聳《そび》えている聖マリヤ学院の甍《かわら》を赤々と照らしていた。広い構内には到るところに緑が溢《あふ》れていた。

永い学校生活にも、いよいよお別れとなると、流石《さすが》に名残りが惜まれると見えて、彼方《かなた》此方《こなた》にかたまり合っていた若い女学生達は、迎えにきた父兄達に促されて、見返り勝に丘を下りていった。

最後の一人が勾配《こうばい》の遅緩《ゆるや》かな、赤土の坂路を下りきって、樫《かし》の木の蔭に姿を隠して了《しま》うと、丘の端に佇《た》っていた友子《ともこ》は深い溜息をした。

『父様ったら随分酷《ひど》いわ。卒業式にも来て下さらないんですもの、どうして早くお迎えに来て下さらないんでしょう。』五年間の寄宿舎生活を済して、父と共に水入らずの楽しい生活を夢みていた友子は、一晩中眠られない程、今日の日を待っていた。それだのに夏冬の休暇でさえ、何をおいても迎えに来てくれた父が、この晴れの卒業式に姿を見せなかった事は友子を痛く失望させた。

『あら友子さん、まァよかった。私ひとり法師《ぼっち》かと思って悲観していたのよ。』と不意に後から声をかけたのは同級の柏木愛子《かしわぎあいこ》であった。

『貴女《あなた》もお迎えがまだなの？』

『私は明朝《あした》になったのよ。余りだわね。卒業しておいて、まだ一晩学校へ宿《とま》るなんてそんな馬鹿気た事があるでしょうか。おまけにひとり法師でね。』

二人が盛んに不平を漏らしあっているところへ、小使が友子を探しにきた。

『吉野さん、校長様がお呼びになっていらっしゃいますよ。』

『まァ嬉しい、屹度《きっと》お父様からのお音信《たより》だわ。私はね、最《も》う一人前の淑女《おんな》だから、お迎えがなくっても、ひとりで帰るがいいと、いってきたに違いないわ。』友子は燥《はしゃ》ぎきって愛子の背中を叩いておいて、校長室へ走っていった。

年老《と》った教母《マザー》カメロンは卓子《テーブル》の上に書状を拡げたまま、細長い指を胸に組んで、何事か黙想に耽《ふけ》っていた。友子が飛込んでゆくと、いつになく憂《うれ》いを含んだ鳶色《とびいろ》の目をあげて、

『友子さん、まァ其処《そこ》へお掛けなさい……大変お気毒な事ですが、貴女のお父様は御病気なのです。それで御全快なさる迄《まで》、貴女は私がおあずかりしておく事になりましたから、

其心算《そのつもり》でいらっしゃい。』と静かに告げた。

『教母カメロン、父はどうしたのでございます？　何故《なぜ》私を招《よ》んで看病させないのでしょう？　私は既《も》う学校を卒業しましたのに、いつ迄もこんなに小供あつかいにされるのは厭《いや》でございます。父は何処《どこ》の病院にいるのでございます？』友子は急込《せきこ》んで訊《たず》ねた。

『知らせる事は出来ません。貴女に知らせてくれるなというお父様の御希望ですから。』

『どうか、そんな事を仰有《おっしゃ》らないで、父の居所を教えて下さい。父が入院しているのに、私が斯《こ》うして遊んでいるという法はありません。』

『目上の人に対《むか》って、そんな理屈をいうものではありません。貴女はお父様の命令通りにしていればよろしいのです。』教母カメロンは厳格に言渡《いいわた》した。その時事務所から、何かの用事で呼びに来たので教母カメロンは友子を残して部屋を出ていった。

友子はこんな風に頭から抑圧《おさえつ》けられて了った事が不平で耐《たま》らなかった。殊に父が何故直接自分に手紙を寄越さないのであろうと思うと、我侭《わがまま》に育った友子の胸に憤怒《いかり》に似た感情さえ頭を擡《もた》げてきた。

卓子の上に拡げてある手紙の文字は判然《はっきり》とは見えないが、父の筆蹟らしいので、友子は教母の足音が廊下の端に消えると、手を延して手紙を取上げた。それは正しく彼女の父親から教母カメロンに宛てたものであった。

文面に目を通してゆくうちに、友子の手は慄《ふる》えてきた。其処には友子の夢にも知らなかった、恐ろしい事実が記されてあった。

拝啓、前便にてお耳に入れおき候如き事情《そうろうごと》にて、小生は遂に刑務所に繋がるる身と相成候、斯《かか》る憂目《うきめ》を見るは身から出た錆《さび》にて、今更愚痴を申上ぐるも甲斐なき事に候えども、教母様、御膝下《ごしっか》にて醜き浮世を知らず、清らかに育ち参りし娘に、斯る忌《いま》わしき事実を知らするは耐え難き苦痛に御座候、何卒御諒察《ごりょうさつ》の上、娘には何事もお聞かせ下さらぬよう、小生病気入院の体《てい》にお取做《とりなし》おき下され度《たく》候。いずれこの六月には自由な身と相成るべく、其節娘を迎いに参り、万々お礼申上ぐべく候。

小生の罪をお憫《あわれ》み下され、聖母マリヤ様の御名により、娘を清くお守り下され度、伏して願入候。

市ヶ谷富久町にて　吉野常行

カメロン先生

読み終った友子の眼には泪《なみだ》が溢れていた。

『まァ、お父様……、お父様！　お父様！　貴郎《あなた》はどうしてそんな恐ろしところにいらっしゃるの？』友子は心の中に叫びながら、手巾《ハンカチ》に顔は埋めて了った。

再び教母が戻ってくる気配がしたので、友子は急いで手紙を元へ返してじっと首を垂れていた。

『ああ貴女はまだ其処にいらっしゃったのですか。今晩は愛子さんも、寄宿舎へお残りになるから、早くいって一緒に晩御飯を召上れ。』と教母は慰めるように友子の肩に手をおいた。友子は大きく頷《うなず》いて泪に濡れた顔を見られないように急いで廊下へ出た。

部屋へ戻ると、窓際に頬杖をついていた愛子が目利《めざと》く友子の泪を見付けて、

『どうなすったの？　又やかましやのお叱言《こごと》なの？』と訊ねた。

『父が東京で入院しているんですって、それだのに教母は私をやって下さらないのよ。』

『それは無法だわね。大人ってどうしてそうわからずやなんでしょう。構わないからいらっしゃいよ。でも貴女ひとりで行けて？』

『ええ、行こうと思えば何処へでも行けると思うわ。でもお金はみんな教母にあずけてあるのですもの……。』

『お金？　私のところには五円しかないけれども、みんな貸してあげるわ。』

それから二人はいろいろとどうして、寄宿舎を脱出するかに就《つ》いて相談した。

いよいよ東京に行こうと決心がつくと、一刻も待っていられないのが、若い人達の癖で

ある。友子はとうとう其晩の夜行で東京へ発《た》つ事にした。

『じゃァいい事、私、先生にきかれたら、何にも知らない事にしてあげるわ。東京へいったら私の家へ手紙を頂戴ね。当分須磨の別荘にいる筈《はず》よ。』愛子は裏門まで見送りに出た。

『真実《ほんとう》に有難う、この御恩は決して忘れないわ。』友子は愛子の手を堅く握った。

夫《そ》れから一時間後に友子は梅田駅の切符売場に立っていた。生れて初めて出発する。人生の旅の一歩がこのような悲しいものとは思わなかった。母親が夙《はや》く逝去《なくな》ったので、彼女はこれ迄、父と共に、夏休みは日光の中禅寺湖畔《こはん》に、冬は熱海の別荘に過すのが常であった。父と二人きりの生活は、友子にとって真実に幸福なものであった、彼女が学校を卒業すれば父も商売を罷《や》めて、東京の郊外に小さな家を建てて、静かな余生を送るといって楽しんでいたのに、その父がどのような事情があるか知れないが刑務所に繋がれているとは何という驚愕《きょうがく》であろう！　友子は急に五つも年を老ったような気がした。彼女はどんな犠牲を払っても、父を救い出そうと決心していた。

『東京駅までの切符を下さい。』というと小さな窓の中にいた男は派手なお召の衣物に、海老茶の袴《はかま》を胸立に穿《は》いた友子の小供らしい姿を覗《のぞ》いて見て、

『三等で、よろしいのですか？』と、問返した。

『ええ、お幾許《いくら》です？』

『六円三十五銭です。』

『六円三十五銭？　では六円二十銭で行かれるところまでの切符を頂戴。』友子は愛子から借りてきた五円の他に一円五十銭程より所持《もっ》ていなかった。その中から電車賃を払ったりしたので東京駅までの切符が買えなくなって了ったのである。

『貴女は東京までいらっしゃるのでしょう。あと十五銭お持合せはないのですか？』切符売場の男は友子の立派な服装を見て、不思議そうに訊ねた。友子は恥しさに顔を紅くした。

すると友子の背後に立って番のくるのを待っていた青年紳士が、

『お嬢様、失礼ですが……』と躊躇《ためらい》ながら十五銭を窓口に出して、

『君、これを足して東京駅までの切符をあげてくれ給え。』といった。友子は辞退しようとしたが、その時には既う切符が友子の手に渡されていた。

間もなく改札口が開いて、友子は人々に押されながらプラットフォームに出た。先刻の紳士は何処へいったかもう姿が見えなかった。友子にとって、それは心細いひとり旅であった。

# 見知らぬ姉

三等車は可成《かな》り混雑《こ》んでいたが友子は端の方の空いた席を見付けた。

長い夜汽車に同伴者のない、若い娘の派手な姿は人目についた。無遠慮に安煙草を吸ったり、物をムチャムチャ食べたりしていた人々は十二時を過ぎると、順々にいぎたなく睡《ねむ》りこけて了《しま》った。

京都辺から乗ってきた商人風の男が、正宗を喇叭《ラッパ》呑《のみ》にしながら、頻《しき》りに友子の方を見ていたが、軈《やが》てよろよろと立上って、友子の傍へ寄ってきた。

『お嬢さん東京ですか、夜汽車は退屈で飽々しますな。』と馴々しく話掛けた。友子は侮辱されたような気持になって、横を向いて了った。

『どうだ、みんな豚みたいなようにごろごろ睡《ね》ていやがる。……お嬢さん学校は何処ですね。』

『……』

『酔払いはお厭《いや》ですか、ハッハッハ。』男は可笑《おか》しくもない高笑いをして、友子の傍へ腰を下した。

二、三の乗客が薄眼を開けたが、相手が酒に酔っているので、面倒とでも思ったのか、そのまま目をつぶって了った。友子は酒臭い息を浴びせられて、憤然として席を立った。男は友子の紫色の袂を摑んで、何事か云おうとした時、先前の青年紳士が何処からか出て来て、

『やァ、お嬢様、今日お立ちでしたか、お宅では皆様御丈夫ですか。』と親しげに挨拶をした。酔いどれは逞《たくま》しい紳士の腕を見ると、

『何だ……連れがあるのか……』と呟きながら次の車へこそこそと移って了った。

友子は呆気に取られて見知らぬ紳士の顔を見上げた。きりっと引締った容貌は、健康そのもののように溌溂《はつらつ》としていた。

『飛んだ失礼をいたしました。いい塩梅《あんばい》に去って了いましたね。相手が酔払いですから、うっかり咎《とが》めると、絡んできたりして面倒だと思って、口から出任せを申上げました。』

青年は朗かな眼元に微笑を湛《たた》えながらいった。

『有難う存じました。真実に夜汽車などへ乗るのは懲々《こりごり》致しました。』友子は訴えるようにいった。

『この汽車は三等急行だからいけないのです。この前の汽車だとよかったのですがね。僕も明日中に赴任しなければならないので、仕方なしにこれに乗ったのです。』

『東京へいらっしゃるのでございますか。』友子は余り黙っていてもいけないと思って、

そんな事をきいて見た。

『ええ左様です。貴女もたしか東京まででしたね。』

『ああ、先程は真実に有難うございました。急に発つ事になったものですから、お金の用意も致しませんでしたのです。恐れ入りますがお住所を伺わせて下さい。拝借いたしましたお金をお返ししなくてはなりませんから。』

『いや、どう致しまして、決して御心配には及びません。僕もいつかあんな事があって、知らない人からお金を出して貰《もら》った事があります。順送りだからいいじゃありませんか。』

青年は無造作に答えた。

『あの、市ヶ谷の富久町っていうのは東京駅からどういったらよろしいのですか?』友子は最初、東京へ着きさえすればどうにかなるだろう位に、漠然と考えていたのであるが、時間が経過《た》つにつれて、東京の地理に不案内な事が段々気になってきた。

『ああ、貴女も富久町へいらっしゃるのですか。富久町の何番地です。』青年は吃驚《びっくり》したように聞返した。

『番地は存じませんが……』友子は云淀んだ。

『番地がお判りにならないと困りますね。尤《もっと》も僕のゆく先は番地が判らなくとも大丈夫です。刑務所という、鳥渡《ちょっと》変ったところですから。』

友子は悸《ぞっ》として相手の顔を見上げた。若しかすると、この人は自分の秘密を見抜いて了ったのではないかと思った。

『僕が刑務所行ときいて、吃驚なすったのでしょう。別に悪い事をして送られる訳ではないのです。教誨師《きょうかいし》なんていう柄にもない仕事を望んだものですからね。』

友子はそれをきいて、救われたような気持になって、ほっとした。

『刑務所にいる人には誰でも面会する事が出来るのでございましょうか？』友子は四辺《あたり》を憚《はばか》るように声を低めていった。

『さァ、それもいろいろ場合があるでしょうね。貴女は刑務所へ何誰《どなた》かをお訪ねになるのではないのですか。』青年は友子の顔色を読んで了って、しんみりと同情の籠《こも》った調子でいった。

『真実は左様なんでございます。是非急に会わなければならない人があって、慌てて出て参ったのです。』

『では僕が連れていって上げます。そして何誰《だれ》にでも会えるように計らって差上げましょう。典獄は大変いい人で僕の先輩ですから。』

友子は思掛けない救いを得たので、いくらか気が緩んだと見えて、いつの間にか、窓の枠に腕をかけて、うとうとと寝入って了った。

翌朝汽車が東京駅へ着くと、青年は友子を伴って駅前からタクシーへ乗った。

『僕は立入った事には決して触れませんから、用があったら、貴女の方から遠慮なく仰有《おっしゃ》って下さい。この名刺に典獄宛に一寸紹介をしておきますから、直接お会いになって、よく御用件をお話しなさい。そうそうお名前を伺っておきませんでしたね。僕は今年同志社を卒業《で》た大村進というものです。』青年は名刺の表に万年筆を走らせながらいった。

『私は吉野友子。』友子はこんな場合に、自分の姓名などを明すのは、真実に辛かったが、青年が世間一般の人のように、立入った質問をしなかった事は、どんなに有難かったか知れない。友子は青年から受取った名刺を懐中へしまって、

『真実に有難うございました。』と心から感謝の意を述べた。

聽《やが》て自動車は刑務所前に停った。友子が受付で名刺を出している間に、青年は軽く会釈をして、正面の入口を入っていった。

典獄は快く友子を迎えて、すぐ二三五号囚に面会の手続きを運んでくれた。友子は胸をわくわくさせながら、看守の後に蹤《つ》いていって、陰惨な面会室で、未決監にいる父に会う事となった。

父の唇から先ず最初に出たのは、

『ああ、お前だったのか。』という驚愕の叫びであった。彼の顔は困惑と疑問と、喜悦と

の感情が縺《もつ》れあって浮んでいた。友子は父が明かに自分以外の人の訪問を予期していたのに気付いて、鳥渡裏切られたような、淋しい気持になった。

『お父様、御免なさい。私は先生に隠れて、学校を脱出してきましたの。最《も》う子供ではないのですから、何もお隠蔽《かくし》なさらないで頂戴。』といって、友子は校長に宛てた父の手紙を偸読《ぬすみよ》みした顚末を物語った。

父親は若者のような血色のいい目鼻立の立派な容貌をもっているが、後方は搔上げた頭髪が純白なので、真実は五十代であるにも拘《かかわ》らず、六十を越しているように見えた。友子は自分の敬愛している父をこのような恐ろしい場所に見出すのは悲しかった。一層何にも識《し》らずにいた方がよかったのではないかと思った。けれども二人が顔を合せているうちに、お互の胸に段々親子の暖い情が流れてきて、仮令《たとえ》父がどんな罪人であろうとも、凡《すべ》てが許して、愛してゆけるような寛大な気持になった。

父は美しく成人した娘の友子を目にも入れたいように見守っていた。

『決して心配する事はないよ。まだお父様は真実の罪人ではないのだから、つまらない事に係り合って了ってね、なァに一ヶ月経過《た》たないうちに、きっと嫌疑が晴れるから。』老人は如何にも自信あるらしくいった。

其処へ看守が顔を出して、

『娘さんが面会に来ましたよ。』と知らせた。老人は顔色を変えて、

『友子や、お前の姉さんの積りにしておいてお呉れ。さもないとお父さんの身の破滅だから……』と小声で早口にいった。

入ってきたのは銀杏返《いちょう》しに結って、赤い横縞のお召を着た意気な美人であった。白粉焼《おしろいやけ》のした青白い頬、凄い程綺麗な険のある眼、一目で素人でない事が判った。宗教学校で厳格に育ってきた友子はこのような種類の婦人を姉などと呼ばされるのは、一種の侮辱のように感じたが、父の嘆願するような視線に促されて、

『お姉様、久時《しばらく》でございました……』と挨拶をした。

『良子《よしこ》や、友子が今朝不意に大阪の学校から帰って来たのだよ。』老人は周章《あわ》てて説明した。

『お前さん、もう学校を卒業したの。早いものだね。』美しい人はぞんざいな言葉でいった。

『丁度よかったから、お前友子を家へ連れていっておくれ。』

『ええ、ようござんすとも、当分麹町の家へおくんでしょう。』

『斑《ぶち》はどうしているね。まだお産はしないか。』

『そうそう昨晩、可愛いい仔《こいぬ》を五匹産みましたよ。どうしましょう。木澤さんが是非一匹

呉れというのです。それからウクさんも一匹というのですが……』

『まァそんなところなら大丈夫可愛がってくれるだろう。三匹は家で面倒を見てやっておくれ、皆斑かね。』

『一匹だけ白で二匹は斑で、あとは三毛の交りです。ですから三毛を他へやって、白と斑だけを家で育てようと思います。』

『では宜しく頼むよ。』

傍で是等《これら》の会話をきいていた友子は、父がいつの間にそんなに犬が好きになったのだろうと不思議に思った。元来父は潔癖で、動物などを家へ飼う事が大嫌いであった。友子が犬や猫を飼うとするといつも反対するのは父であった。

## 人殺し！

友子は姉と称する見知らぬ婦人に伴われて、不安な気持で刑務所を出ると、門のところで何処かへ出てゆこうとする大村にばったりと会った。大村は晴《はれ》やかな微笑をもって友子を迎えたが、連《つれ》の良子に怪訝《けげん》そうな視線を向けた。

『如何でした、御用が足りましたか?』大村は友子に話掛けた。

『有難うございました、大変都合よくゆきましたわ。』

『それはようございましたね。では又いずれ……』

『左様なら。』友子は偶然に和合《しりあ》いとなった大村に対して、段々親しみを感じてくるのを意識していた。

二人が待せてあった自動車に乗ると、良子は、

『今のは誰?』と訊ねた。

『あすこの教誨師《きょうかいし》をしていらっしゃる大村さんという方で、昨夜汽車の中で、大層お世話になりましたの。』友子は正直に答えた。

『教誨師? そんなつまらない男と矢鱈に懇意にするもんじゃァないよ。お前さんは立派なお嬢様なんだから、これから気をおつけなさい。』良子は慎めるようにいうのであった。

四谷見付を入って淋しい急な坂を下りた自動車は大きな石門の前に停った。自動車を返して耳門《くぐり》を入ると、先に立った良子は内玄関から友子を家へ請《さそ》い入れた。

家は見かけの立派さに引かえて、家具などは碌《ろく》に入れてなかった。台所傍《わき》の廊下を通った時、近所から取ったらしい汚れた丼などが乱雑に積重ねてあるのが友子の目に映った。広い屋敷の中には老僕がひとりいるきりで、他に人のいる気配がなかった。良子と二人

で、仕出屋の運んできた昼食を済すと、友子は良子が二階へ上っていった隙にそっと、庭へ出て見た。竹薮の間から見える地続きの隣家は、住む人がないと見えて、雨戸がぴったりと閉めてあった。庭木は延びるに任せて、芝生がところどころ赤く枯れていた。友子は薄気味の悪い隣家を覗いた後で、裏庭へ廻った。先刻刑務所で耳にした犬の事を思出して物置の中やお勝手口の方を捜して見たが、犬などは何処にも見当らなかった。

『お前さん、そんなところで何をしているの。』不意に声を掛けられて、吃驚《びっくり》して振返ると、良子が険しい顔をして勝手口に立っていた。

『犬を見ようと思いまして……私、仔《こいぬ》が大好きなんですの。』と友子はたじたじしながら答えた。

『何をいっているんだね馬鹿々々しい。誰が犬などを飼うものですか。さァ、お前さんの部屋が出来たから、一休みおしな。』

友子は昨夜以来、殆んど一睡もしないので、疲労《つか》れきっていた。西洋館の二階の一室に案内された友子はひとりになると、何も考える気力もなく、袴だけ脱《と》って寝台の上に横になった。

裏庭に面した一つしかない窓から、弱い夕陽がほろほろと部屋に射込《さしこ》んで、黄色く染まった壁の上に樹木の影が躍っていた。

友子は空洞《うつろ》のような眼をあけて、呆乎《ぼんやり》と壁に映る影を眺めているうちに、いつか深い睡眠に堕ちて了った。

『ガタン！』と扉を叩付けるような物音に友子は吃驚して眼を覚した。凡《およ》そ幾時間位経過《た》ったか判らないが、最《も》う日が暮れて四辺は暗くなっていた、闇の中に座って耳を澄すと、壁一重隔てた隣室で、何者かが声も立てずに格闘しているらしい気配であった。

ミシミシ床を踏む音、激しい息づかい、器具の破壊《こわ》れる音などが友子を脅《おびやか》した。軈《やが》て『人殺し！』という嗄《しわが》れたような声が聞えた。続いて誰か、ばたばたと階段を馳《かけ》下りてゆく跫音《あしおと》がした。

　友子は寝台から飛下りて、扉をあけようとしたが、外から錠が下りていた。

『誰か来て下さい！』友子は力任せに扉を叩いた。家の中は墓穴のように静り返っていて応答がない。朝からの不思議な出来事の数々が、友子の脳裡を掠《かす》めていった。——父が姉と呼べと命じた良子という婦人は何者であろう？　父と婦人との間に交された会話の中の、犬というのは、何を意味するのであろうか、麹町のこの家の事などは、ついぞ父の口から洩《も》れた事はない。咄嗟《とっさ》の間にも友子は父の職業に対して疑問を抱いてきた。

『私をこんなところへ閉込めておいて、どうする積りなのでしょう……』友子は恐怖に襲われて、再び烈しく扉を叩いた。

家人に救助を求めても甲斐のないのに気付いた友子は窓に馳寄った。その時、怪しい人影が裏庭の木立の中を走ってゆくのが見えた。男は酷く周章《あわ》てているらしく、幾度も躓きながら裏門へ辿り着いた。友子が急いで窓を開けて声をあげようとした時、門灯の下に立った男の顔がはっきりと見えた。友子はハッとして唇に手をあてて声を呑んで了った。

怪しい男は思掛けない、昼間と同じ服装をした大村であった。電灯に照らされた青年の顔は死人のように蒼褪《あおざ》めていた。彼はちらと振返ったが、非常な早さで闇の中へ疾走《はしり》去って了った。

友子は激しく波打つ胸を押えて、窓際に立竦《たちすく》んでいた。大村という人はこんな時刻に何をしにきたのだろうか、どういう訳であのように狼狽《ろうばい》していたのであろうか、無論友子の部屋には灯火《あかり》が点《つ》いていなかったから、昏《くら》くって見えなかったであろうが、若しあの時、友子の顔を見たら、彼はどうしたであろう。友子の胸にはそれからそれへと疑惑の雲が拡がっていった。

誰かが階段を上ってきた。足音は友子の立っている扉口を通り過ぎて、隣りの部屋の前で停った。と思うと、

『呀《ああ》！』という若い女の叫声がした。友子は思切って烈しく扉を叩いたけれども、それには応えないで扉の外の女は階段を馳下りていった。暫時《しばらく》すると、三、四人の人がどやどや

と上ってきて、隣りの部屋へ入った。

『駄目だ……』太い男の声が聞えた。

『……私が悪かった……』といって女は啜泣《すすりなき》をしている。

『やられて了った。何処かで見張っていたに違いない。』

『左の方を見てご覧なさい。』

『矢張りありません。』

隣室の会話はとぎれとぎれで友子には何を語っているのか、意味が解らなかった。それから暫時の間、ひそひそと相談しているらしかったが、其中に話声が歇《や》んで、人々は大波のように立去って了った。広い屋敷うちはそれっきり、かたりとも音を立てなかったが、凡そ小一時間も経過《た》った頃、突然扉があいて良子が顔を出した。頭から毛布を被って、恐怖に慄《ふる》えていた友子は、救われたように扉口へ馳寄って、

『姉さん、早く階下へ連れていって下さい。隣室で何があったの、誰か殺されたんじゃァないの?』と叫んだ。

『何をいっているの、この人は、夢でも見たんじゃァなくって！　さァ、ご飯だから階下へおいで。』良子は友子を急《せ》き立てるようにして、階下へいった。

食卓の上には昼食と同じように、仕出屋からとったものが並んでいた。友子は良子の眼

が赤く泣腫れているのを見て、

『姉さん、矢張り何かあったのでしょう！　私、先刻裏門から誰かが逃げてゆくのを見たのよ。』といったが、流石《さすが》にその男が大村であったとは云い得なかった。

良子は吃驚《びっくり》して顔をあげた。

『お前さん、どんな人を見たの？』

『何でも――丈の低い、丸顔の男で和服を着ていたわ。』友子は咄嗟の間に汽車の中で悩まされた酔払いの人相をいって了った。

『目のぎょろっとした、口の大きな男じゃァなかった？』

『ええ、左様よ。』丁度酔払いの人相がその通りであった。

『じゃァ矢張り、彼奴だ！　お前さん無闇な事を他人にいうんじゃァありませんよ。私達には恐ろしい敵があるんだから、気をつけていないと、どんな目に遭うか分らないんだよ。お父さんがあんなところへいったのも、そいつ等の仕業なんだから。』

『お父さんは何をなすったの？　私決して誰にも云わないから、どうか聞せて頂戴。』

『そんなに聞きたがらなくたって、どうせ今に解る事だから、もう少し待っておいで――それから先刻の事ね、どんな事があってもあれは云うんじゃァないよ。お父さんの生命に係る大切な事なのだからね。』

友子はこのような事を聞かされて、一層父の暗い影をはっきりと見せられた。其時突然、『ご免下さい。』という声が玄関で聞えた。二人は思わず顔を見合せた。寂《しず》かな家の周囲に啻《ただ》ならぬ靴音や、話声が起った。

良子が顔色を変えて立ってゆくと、玄関先にいた二人の巡査が格子を開けてつかつかと入ってきた。

## 深夜の電話

良子は玄関の電灯の薄明りに、警官の佩剣《はいけん》の物々しく光るのを見て、顔色を変えたが、

『何かご用でいらっしゃいますか?』と上框《あがりぐち》に立っている二人の若い警官を見上げながらいった。

『何か、事故があったのではありませんかね。』

『いいえ、ご覧の通りでして、何も変った事はございません。……何かありましたのでございますか?』良子は淀みのない、落着いた様子で反問《ききかえ》した。

『それゃ不思議だ、つい先刻、四谷見付の派出所へ紳士体の男が来まして、お宅の前を通

りかかった時、お宅の二階から、『人殺し、人殺し』という叫声が聞えたという報告をしましたので、取敢えず出張したのですが、そのような事実はありませんか？』短い口髭をもった警官は怪訝そうにいったが、彼は良子の落着き払った態度や、緑色の電灯覆布《ランプシェード》のかかっている、穏かな次の間の様子や、良子の背後につつましく立っている無邪気な友子の顔などを見て、傍の同僚と何事か低声で話合っていた。

『二階には誰もいないのですから、そんな筈はありませんわ。人殺しだなんて、真実に延《えん》喜《ぎ》でもないのね。』良子は不興気な顔をしていった。

警官は夫《そ》れ等の有様を見て、訴え出た紳士の言《ことば》が虚構だという事を充分悟ったらしく、『何の為にあの男が、そのような無根の事実を訴え出たか訳が分らんですな……悪いいたずらをする奴だ。』と独言のようにいった。

『飛んだお騒がせをしました。然《しか》し何でもなかった事は結構でした。この辺は寂しくって不用心だから気をおつけなさい。』若い警官は二人の婦人に色っぽい目を残して、帰っていった。

既《も》う十時を過ぎていたが、良子は戸締りをするでもなく、警官がいた時よりも却って落着かない様子で、往来の跫音《あしおと》に耳を澄していた。

友子は思掛けない場所で、初めて顔を合せた婦人が、姉であると云われた許りか、その姉の家へ連れて来られて、仮睡《うたたね》をしているうちに、隣室で恐ろしい悲鳴をきいた事を、まざまざと知っていた。それは決して夢ではない。

『何という、恐ろしい事でしょう。父さんは何故私をこんなところへ寄越したのでしょう。』友子は夜が明けたら第一に、最《も》う一度父に面会して、納得のゆくまで話をきこうと思った。

良子は真青な顔をして立っている友子を見て、

『おや、お前さん、まだそんなところにいたの、さっさと二階へいってお寝《やす》みなね。』と初めて気がついたようにいった。

『私、何ですか、気味が悪いのよ。真実に何ともないのでしょうか。』という友子の言葉を引《ひっ》たくるようにして、

『この人は、真実にどうしたんでしょう。ひとの気も知らないで、それどころじゃァないのよ。早く二階へいらっしゃい。』といった。友子はおずおずと二階へ上ったが、階下では中々床につくらしい様子はなかった。

夫れから凡そ一時間も経《た》つと、何処からか電話がかかってきた。

深夜の沈滞したような空気を漂わして、事ありげな電話の鈴が響き渡った。しょうことなしに、一旦寝室へ入った友子は、電話の鈴を聞いて、そっと階段の中途まで下りてゆく

と、

『それは大変です……お医者は来ていますか……まだ警察へは届けませんて？……では私は直ぐに出掛けます……』良子は酷く狼狽《うろた》えた様子で、電話口に立っていたが、受話機をおくと、すぐ何処かへ電話をかけた。

自動車が来たのはそれから数分後の事であった。良子は間もなく、その自動車へ乗って、周章《あわただ》しく家を出ていった。

爺《じい》やは、夕方ちらと姿を見せた許りで、何処へいったか、それっきり見えなかった。寂しい屋敷町は刻々と更けていった。友子はこうして誰もいない間に、一層この家を脱出《ぬけだ》そうと考えないでもなかったが、初めての東京で土地の地理はまるで知らず、また旅館へ泊るとしても、東京へくる汽車賃さえ足りなかった位であるから、当座の金にも困った。

友子は教母カメロンが当分学校へ残るように諭したにも拘らず、無断で学校を脱出して、斯うした渦中に巻込まれた事を、鳥渡《ちょっと》悔むような心持になったが、また一方には、ある事は凡てあるがままに一日も早く事実にぶつかってよかったというような、つきつめた気持もあった。

寝室の灯火を消して床へ入った友子は、毛布を頭から覆《かぶ》って、只管《ひたすら》夜の明けるのを待った。夕方いくらか睡ったが、昨夜からの疲労が全く抜けきらないので、瞼《まぶた》が重く、すぐにも睡って了いそうであった。けれども友子の頭脳は異常に冴《さ》え返って、容易に睡付かれなかった。何処かで時計が十二時を報じた。

突然誰かが窓を叩くような音に、友子は寝床から飛起きて、暗い部屋の中で目を瞬《みは》った。それは窓の外に生茂っている樹木の枝が、風に煽《あお》られて窓ガラスに当るのであった。窓から見える裏門は閉っていた。高い屋根の上に月の現《で》ている晩で、裏門と生垣がはっきり明暗をこしらえている。友子は門の外に、確かに怪しい男が立っているような気がして、身慄いをしながら、再び床の中へ潜込んだ。

様々な妄想に捉われて、幾度か寝返りをしていた友子が暁方になってから、とろとろと仮睡《まどろ》んだと思う間もなく、階下でけたたましく電話の鈴が鳴った。夢現《うつつ》に聞いていた友子の意識が明瞭になるにつれて、家の中が異様に沈まり返っているのに気がついた。もどかしげに鳴り響く鈴に、いつ迄経っても応えるもののないのを知って友子は床から跳起きて、階下へいった。

廊下の突当りにある電話室へ入って、受話機を取上げると、友子は不馴れな調子で、

『もし、もし。』と答えた。

『ああ、貴女は一体どうしたの？　何故早く来ないの、家は大変じゃァありませんか。』

遠くで若い女の声が、がんがん響いた。

『もし、もし、どちら様です？』

『あらまァ、何という人だろう、湯島の菊廼家《きくのや》にきまってるじゃァないの。お母さんが飛んだ事になったんだから、すぐに来て下さいよ。もう一時間許り前に自動車を迎えに出したのに余りお前さんの来ようが遅いから、念の為に電話をかけて見たのですよ。自分の親が死んだというのに寝ぼけていては仕様がないじゃァありませんか。』

『もし、もし、私、違いますのよ。何処か他とお間違いになったのではございませんか。』

『おや、おや……そちらは四谷の五九六じゃァないのですか？』

『はい、左様でございます。こちらは吉野でございますが。』

『何をいっているの、そんなら矢張り良ちゃんじゃァないか、ああじれったい、何でもいいから直ぐ来ておくれ。』電話はそれできれて了った。

友子は何が何やら薩張《さっぱ》り分らなかったが、先方の母親が変死したらしい話の様子なので、昨夜の奇怪な出来事と思合せて、確かにこの二つの間には深い関係があるに違いないと思込んだ。相手は誰だか解らないが、良子と友子とを取違えているらしい、湯島の菊廼家というのを憶えていたので、電話帳を繰って見ると、菊廼家というのは湯島天神境内の待合であった。

友子は良子が家を出てから、もう七時間にもなるのに、まだ湯島へ着いていないのを怪訝に思った。尤も良子は行先をいい残していった訳ではないから、或は他へいったのかも知れないと考えられるが、何は兎《と》もあれ、菊廼家までいって見ようと心をきめた。それにしても前夜何事かあったらしい、二階の隣室が気がかりであったので、友子は恐いもの見たさに二階へ上ってみた。

其部屋は友子の寝室と同じように、裏庭に向った窓のある八畳間で、洋室であるが、畳が敷いてあって、隅の方に座布団などが積重ねてあった。部屋の中は整然と片付いているけれども、余り片付き過ぎているような故意《わざ》とらしい感じが、友子の胸に浮んだ。疑《うたぐ》り深い眼で部屋の中を見廻していた友子の眼についたものがあった。彼女は恐る恐る窓際へ歩みよって、座布団と壁との間から、ちらと覗いている紫色の細い紐を拾いあげた。それは絹の蛇腹糸で組んだ羽織の紐で、先端に黒い金紗縮緬《ちりめん》の乳がついていた。一見して羽織から乳ごともぎ取られたものである事が解る。友子は前夜の格闘を思い浮べた。それから人殺しと叫んだ女の押圧《おしつぶ》されたような声を思出した。友子は紫色の羽織の紐を紙幣入れにしまって、懐中へ入れた。それから尚も丹念に部屋の中を検《しら》べると、畳のひき合せの間に紫色の小さな宝石を見出した。装身具に嵌込《はめこ》んだものが脱落《ぬけお》ちたらしい。友子はその宝石も何かの証拠になると考えて、大切に紙幣入へ蔵《しま》った。

このようにして二十分程愚図々々しているうちに、何処からか爺やが帰ってきたらしく、勝手許の戸が開く音がした。友子は階下へいって台所を覗くと、爺やが戸口のところで、風体の悪い若い男と立話をしていた。既う外は白々と明けて、牛乳屋の車が遠くの坂を通っていた。若い男は目敏く友子を見付けて、早口に何かいって、帰っていった。

## 紐

爺やは狼狽《うろた》えたような顔をして、

『お嬢様、既《も》うお目覚めでいらっしゃいますか、ご飯はどうなさいます。牛乳を沸《わか》して、パンでも焼きましょうか。』

『私、何にも頂きたくないわ、それより俥《くるま》を呼んで頂戴な、鳥渡《ちょっと》出掛けてくるから。』

『どちらまでお出掛けになります？』

『湯島まで……』

『ここから俥で湯島までいらっしゃるのは大変でございますよ。それにお一人でお出掛けになったりしては、お姉さまに叱られやしませんか。』

『でも湯島の菊廼家《きくのや》さんから電話がかかってきたのよ。』

『へえ？　菊陋家さんから……でお姉さまが電話をかけてお寄越しになったのですか？』

爺やは腑に落ない面持で反問した。友子は何うしても菊陋家へいって見ようという好奇があったので『左様よ、お姉さまが直ぐに来るようにと仰有《おっしゃ》ったのだわ。』と出鱈目《でたらめ》をいった。爺やの顔には何故か暗い影がさした。

『お嬢さま、お止しなさいませ、悪い事は申しません、爺やのいう事をおききなさいませ。菊陋家なんて家は、お嬢さまのおいでになるところではございませんよ。』

『だって、私の方にも行く用があるんだから……直ぐに帰ってくるから、心配しなくてもいいよ。』

『左様でございますか、では出入りの自動車を呼びますから待たせておいて、じきに帰っていらっしゃいませ。』と念を押すようにいって、爺やは家を出ていった。

友子は爺やと言葉を交しているうちに、段々親しみを感じてきた。軈《やが》て自動車がくると、友子は学校へでもゆくように急いで袴を穿《は》いて出てきた。爺やは怪訝そうに、

『お嬢さま、袴を穿いていらっしゃるのですか？』といった。

『だって仕方がないわ、私、帯なんか持って来なかったのよ。』といって笑いながら家を出た。

自動車は朝霧のかかった未明の町を、滑るように疾走《はし》っていった。

菊廼家というのは天神の境内を抜けたところにある、門構えの新らしい家であった。場所馴れない友子が格子戸の前でまごまごしていると、女中が見付けて、

『どなた様でいらっしゃいます？』と訝《いぶか》しそうにいった。

『私、麹町の吉野でございますが、良子姉さんはこちらに参っているでしょうか。』友子は思切っていった。

『鳥渡お待ち遊ばせ。』といって引込んだ女中と、入違いに現《で》てきたのは、黒襟のかかった衣物を着た小柄な年増であった。

『まァ、吉野さんのお嬢さんですか、いつこちらへ？』

『昨日急に出て参りましたの……』

『良子はどうしましたの？　何故お嬢さまおひとりでお寄越ししたのでしょう……』

『姉さんは参っておりませんの？……昨夜遅く電話がきてお出掛けになりましたから、こちらへ伺ったのかと思っておりましたわ。』

『まァ、良子が家を出たのでございますって？　一体何処へいったのでしょう。』

『何処へいったか存じませんけれども、昨夜十一時頃、電話口で――お医者様は来ましたか……それでは直ぐに出掛けますから――というような事を仰有って、周章《あわ》てて出ていらっしゃいましたの、そこへ今朝又こちらからのお電話でございましたから、私は良子姉さ

んはこちらへ伺っているのだと許り存じておりましたわ。』

『それで解りました、では先程電話口へおでになったのはお嬢様だったのですね。どうりで良子にしては変だと思いましたけれども、お宅へお嬢さまが来ていらっしゃる事は少しも存じませんでしたので……さあ何卒こちらへお通り下さいませ、母が急に亡くなったものでございますから、ごった返しておりますけれども……』

家の中はざわめいていた。友子は通された六畳間に座ると、

『御病人は永らくお悪かったのですか?』と訊いた。

『いいえ、これが病気ででもあったのでしたらまだしも、妙な死方をしましたので諦めがつかないのでございますよ。真実にどうしたのでございましょう。夜中《やちゅう》にそんな電話がかかるというのは変ですね。一体良子は何処へいったのでしょう。こんな事のあった後なので余計心配でなりません……申し後れましたが、私は良子の義姉でございます。お父様にはいろいろと御世話になっております。』

女は思出したように改めて挨拶をした。

話の調子などから察して余程気が顚倒《てんとう》しているらしかった。友子はこの女主人が変死したときいてどんな風な死方をしたのか知りたかった。また出来れば自分の胸に拡がっている謎を解きたいと思った。そこへお茶を運んできた女中が、

『只今、警察の方がお見えになりましたが、どう致しましょう。』と低声でいった。

『じゃァ直ぐ、こちらへお通し申しておくれ、検死においでになったのだろうから。』と女はいった。

間もなく、強力犯係長と、若い鑑識課の技師とが、どやどや部屋へ入ってきた。

『どうぞこちらへ。』といって女は境の襖《ふすま》を開けた。人々の間からちらちらと次の間を覗いた友子は、思わず、

『おや！』と叫声をあげて目を瞬《みは》った。

鑑識課の技師は寝床の上に横わっている死体の傍に膝をついて、検死にとりかかった。友子は襖の陰に身を寄せて、顔を背向けていた。友子が死体を見て驚いたのは、そこにいる婦人に見覚えがある訳ではなかった。彼女の目についたのは、婦人の頭髪に挿《さ》されている飾ピンであった。それは銀台の丸型で、紫色の玉が並んでいるが、中央の一個が紛失していた。もう一つは婦人の着ている羽織が黒い金紗縮緬《ちりめん》であった事である。

暫時《しばらく》すると、

『衣物を脱《ぬが》して下さい。』と隣室でいう声が聞えた、女は死人の羽織と帯とを襖の間から、友子のいる部屋へ投込《なげこ》んだ。と見ると羽織の紫の紐が乳ごともぎ取れていた。友子は麹町の家の二階に落ちていた紫の羽織のひもの片方を思わぬ場所で発見して異様な胸さわぎを

覚えた。

『充分他殺の証拠があります。而《しか》も扼死《やくし》ですよ。死後数時間を経過しています。加害者は前方から頸部を絞めたのです。』

『無論、加害者と被害者とは、知合の間柄でしょうな。女とは云え、これだけの体格をもっていて、斯う一絞めに殺されているのは、相手に油断をしていたせいでしょう。両腕其他に受けている擦過傷や、被害者の爪をみると、可成り抵抗したらしいですな。』若い医師と強力犯係長は小声で話しているのであるが、友子の耳には、大鐘をつくように響いた。

『被害者は、貴女の実母ですか。』係長は死人の傍に悄然《しょうぜん》とうなだれて居る婦人に向って訊ねた。

『いいえ、養母でございます。私はこの母の兄の子でございますが、両親とも早く亡くなりましたのでこちらへ引取られてまいったのでございます。』

『被害者が昨夜外出したのは、幾時頃です?』

『夕食後、間もない事でございます、確か六時一寸過ぎ位でございましたでしょう。』

『行先は何処でした?』

『それを、はっきり申して参りませんでしたので、私共には見当がつきません、夕食の時には、別に外出いたしますような様子もありませんでしたが、私が一寸他所《よそ》へ電話をかけて居ります間に出て行って了ったのでございます。』

『死骸が運び込まれたのは、幾時頃です、自動車の運転手は家へ着くまで、何も知らなかったというのですか。』と訊ねているのは、若い刑事らしい。

『今朝四時頃でございました。運転手さんは少しも気づかなかったそうでございます。宅の前まで来て、初めてそれと知って大変に驚いて私共を呼び起すやら、手伝って死骸を家の中へ運ぶやらしたのでございます。私共が見ましても只事ではないと存じましたので運転手さんに残っていて貰う事にして、直ぐ警察へお届けいたしましたのでございます。』

女の言葉をきき流して、係長が目配せをすると、一旦部屋の外へ出て行った刑事が、焦茶色の半コートを着た若い男を連れて入って来た。

『大和商会の運転手、秋本鮮吉というのは、お前かね。お前はどうして死骸をこの家へ運びこんだのか、その経路を話して見給え。』

『私は死骸だという事をちっとも知らなかったのです。昨晩、神楽坂の待合に頼まれまして本所錦糸堀へゆくお客を送った帰途に、九段から市ヶ谷見付へ出ますと、電柱の陰に三人連れの人が佇《た》っていて、そのうちの一人に呼び止められて、此方を乗せて来たのです。何でも午前三時半頃でした。』

『後の二人はどうした。』

『他の二人は、そこに立って見送っていました。そして一人の方が私に行先を教えて、酷く酔っているから宜しく頼むと云いました。』

『この婦人はその時には、確かに生きていたのかね。』

『それは判りません。私はそのお客が御婦人だという事も知らなかった位です。暗い電柱のところでもう一人の男がしきりに介抱して「君しっかりしなくては困るよ。」とか「此男こそ是非禁酒させる必要があるね。こう正体なく酔って了っちゃァ、やりきれない」とかそんな事を云いながら、二人で自動車の中へ擔《かつ》ぎ込み「君、あんまりだらしの無い酔いっぷりを見せると、あの人に愛想をつかされるぜ」なんて云って居ましたから、私は確かに酔いつぶれている男を乗せているつもりで、ここまで参ったのです。』

『ここへ着くまで不審な点はなかったのか。』

『決して疑念などもちませんでした。私は最初から運転台に居りましたし、あたりは真暗で、それにお客が酔っていると思い込んで居ましたから別に言葉もかけませんでした。するとここへ着いて初めて、お客が御婦人だった事を知り、その上死んで冷くなっていたので、驚いたようなわけです。』正直らしい運転手は警官の訊問に対して、熱心に、緊張して答えている。

## 目黒の家

友子は夢現《うつつ》の裡《うち》に聞いた昨夜の出来事や、羽織の紐の件を、一思いに係官に打明けようとしたが良子に強く念を押された言葉が気掛りになって、始めとは余程違った気持になっていた。うっかりお饒舌《しゃべり》をして、父の身に禍《わざわい》が及ぶような破目になっては大変だと思った。それに最《も》う一つは大村の事であった。周章《あわ》てて裏門から走り去った大村の振舞には確かに説明を要する何ものかがなければならぬ。けれども友子は何の理由をも発見する事もなく、不思議に大村を庇《かば》うような心持になっていた。

世間馴れない乙女の胸に植付けられた最初の印象は、容易な事では動かす事は出来なかった。友子は大村に対して疑惑を強めると同時に、自分でも不思議な位、大村に心を惹《ひ》かれてゆくのを意識して密かに頬を染めるのであった。

運転手を部屋へ伴《つ》れてきた刑事は、その前から場所にそぐわない友子の姿を襖越しにちらちら視《み》ていたが、一通り検視が済むと、係長に何事か耳打をした。

『あの方はどなたですね。』係長は鋭い視線を友子に向けながら、傍の婦人にいった。

『あれは親戚の娘でして、昨日大阪から来た許りなんです。』と婦人は無造作にいってのけた。

警官の一行はそれから数分間、必要な訊問をした後で、菊廼家《きくのや》を出ていった。

友子と婦人は何かしらホッとしたように顔を見合せた。友子はもしやと思って麹町の家へ電話をかけて見たが良子はまだ帰っていなかった。婦人が引留めるのを無理に振り払うようにして、菊廼家を出た友子はどうかして其日のうちに父に会おうと思って、天神の境内を抜けて、待《また》せてある自動車へ乗ろうとすると、鼠色の薄手の二重廻しを着ている商人体の男と出会った。男は菊廼家から出てきた友子を怪訝《けげん》そうに見ていたが、何やら点首《うなずき》ながら、くるりと引返した。

自動車を市ヶ谷刑務所へ廻させた友子は、勢いこんで受付へ馳込んだが、二三五号囚には接見禁止の命が下っていた為、如何に言葉をつくしても面会は叶わなかった。

『用があるなら、係りの弁護士のところへおいでになるが宜しいでしょう。弁護士がいいようにして呉れますよ。』受付の男は、若い娘が途方に暮れている様子を見て、慰め顔にいった。

『その弁護士さんは何処にいらっしゃるの？』友子は絶望のうちに僅かに顔を輝せた。

受付の男は親切に弁護士の事務所と、姓名《なまえ》をかいた紙片を渡して呉れた。鳥山という弁護士の事務所は丸の内の有楽館にあった。

自動車は友子には初めての町を疾走《はし》り続け、幾度も電車軌道を横切って大きな建物の前へ止った。

友子は教えられた通り、三階へ上ると、廊下の横手から現《で》てきた男が、

『失礼ですが、貴女は吉野さんのお嬢様ではございませんか。』と丁寧に言葉をかけた。

『はァ、私、吉野ですが、何御用です。』

『私は鳥山事務所のものですが、先程市ヶ谷へいらっしゃった先生から電話が参りまして、吉野さんのお嬢様がお見えになる筈だから、おいでになったらすぐお連れ申すようにとという お言葉なので、お待ちしておりました。』

『まァ、左様ですの、では鳥山さんは私と行ちがいになりましたのでございますのね。』

『お嬢様がお帰りになると、一足違いに先生がお着きになって、貴女様が事務所へお廻りになったという事を受付から聞いたのだそうでございます。今日は先生は非常にお忙しくって、迚《とて》も事務所へは戻って来られないから出先ならお目にかかる事が出来ると、申しておられました。』

『私、どうしたらいいかと思って、御相談にあがりましたのでございますの。』

『真実に御心配でございましょう。先生もよくお察しておられます。ではご案内しますからどうぞ、こちらへ。』男は先に立って階段を下りた。其処には既《も》う友子の乗ってきた自動車は見えなかったが、同じ場所に異った車体と運転手が待っていた。

自動車は可成り乗りでがあって、先を急いでいる友子は、永い道中に飽々《あきあき》して了った。軒の低い、小さな家の並んでいる電車の終点を過ぎ、新開地の真白に塵埃《ほこり》のあがっている街道を疾走《はし》って、郊外の淋しい坂の上へかかった時、友子はいままで朧気《おぼろげ》に感じていた不安をはっきり意識して、

『まだなんですか、私は既ういやになったから帰して下さい。』と思切っていった。

『もうじきですよ。私がついていますから御心配ありませんよ。』男はにやにや笑って取合なかった。

そのうちに自動車は大通りを曲って、寂しい横町の突あたりにある、大きな屋敷の前で停った。それは深い木立に囲まれた二階建の洋館で、玄関の扉に塗った緑色のペンキは剥《は》げて、露出になった電灯の蓋《かさ》は壊れて薄暗い入口の天井に蜘蛛の巣が白く懸っていた。表から見える窓ガラスも二、三ヶ所、缺《か》け落ちていて、内側から黄色い日除けが下りていた。

自動車の音をきいて、五十近い肥った内儀《かみ》さんが、門の横手の荒物屋から飛出してきた。友子が吃驚《びっくり》して逃げようとする間もなく、内儀さんは友子の肩に手をかけて、門内へ引入れた。肥ったその女の後から、先前の怪しい男が蹤《つ》いてきて、二人で押上げるようにして友子を二階の一室へ連込んだ。

『貴郎方は私をこんなところへ連れてきてどうする積りです。さァ直ぐ帰して下さい。さ

もなければ私は警察へ訴えます。』友子は憤然として扉に手をかけると、

『私達は貴女の味方なんですよ。悪いようにはしませんから、暫時《しばらく》辛抱して下さい。私達には恐ろしい敵があるんですよ。』男は宥《なだ》めるようにいった。

『いいえ、私には敵なんかありません。弁護士のところへ連れてゆくなんて嘘をいう、貴郎方こそ私の敵です。』

『いまに分りますよ。私達の敵が貴女を狙っていて危険だから、ここへ隠したのです。』

『ここへくれば、最う決して心配はありませんよ。ねえ澤木さん。』と女はいった。

二人は猛《たけ》り立っている友子を部屋へ閉め込んで、廊下でひそひそと話をしていたが、間もなく何処かへいって了った。

日が暮れると、先前の女が食事を運んできた。女は何をきいても捗々《はかばか》しく返事をしなかったが、親切に友子の身のまわりの世話をした。友子は女が怪しい男を澤木と称《よ》んだ事から、前日刑務所の接見室で父と良子との会話のうちに、いった言葉を思出して、木澤というのは、この澤木の事ではないかと考えた。そしてその時の犬に関する会話も、二人の間の重大な事柄を隠語で話合っていたのであろうと察した。

同じような日が三日続いた。女は三度々々食事を運んできた。澤木という男も折々訪ねてきて無駄口を利いていった。友子はこの男が何者とも知れなかったが、父親とは可成り

親しい間柄らしく思われた。一度こんな事を女と話合っていた。

『いい塩梅に吉野さんも証拠不充分という事になりそうだ。』

『鳥山さんがついているのだから安心だけれども、またどんな奴が邪魔をいれないとも限らないからいよいよという時までは心配ですよ。』それによると未決にいる友子の父親は近々出獄するらしい。

『裏切り者が出たんで、飛んでもない騒ぎが起って了った。菊廼家のお母さんがあんな事になったおかげで、今度こそ奴等を遣付《やっつ》ける種が出来た。』

『良子さんの件も無論、あいつ等の仕業なんだから、早く何とかしてあげなければ可哀そうじゃァありませんか。』

『まァ吉野さんが出てこられる迄は、手をつけない方がいいだろう、奴等だってそれ程無法な事もしないだろう。』

　こんな話を耳にして友子は『奴等』というのは何者だろうと考えていた。それから吉野の事も訊いて見たいと思ったが、もうじき父が帰ってくるというから、それ迄待てば凡ての事が解る事と、何事も忍耐して聞流していた。

　昼間中、庭の木立を吹荒していた風が鎮まると共に、天気が変って妙に蒸暑い寝苦しい晩になった。いつの間にか空が曇って今にも雨の来そうな気配になった。友子は早く電灯を消して床に入ったが、中々寝付かれないので、窓際に椅子を寄せて、暗い庭を凝視《みつめ》ながら、学校にいた頃の楽しい生活、親しい友達の事などを思浮べていた。

庭の中央に立っている電灯の光が池の縁の白躑躅《つつじ》を照らしている。光の届かない庭の隅々には、繁った雑木の枝が重り合って、一層濃い影をつくっていた。郊外の家はまるで人里離れた山中の一軒家のように、沈まり返っていた。

友子は、突然、暗い木立の中に動く人影を見た。黒い影は四辺に気を配るようにして、次第に母屋へ近づいてきた。友子は胸をわくわくさせながら、目を据えて見守っていると、

『誰だ！』と叫んで怪しい男の前に立塞《たちふさが》ったものがある。

『他人の家へ無断で忍込むなんて、怪しからぬ奴だ。さァ名乗りをあげろ、誰に頼まれて来たのだ。』

『……』相手は突然踵《くびす》を返して逃げようとした。

『こいつ卑怯な奴だ！　さァ来い！』小柄な男は軍鴨《しゃも》のように相手に躍りかかっていった。

二人は烈しく揉合っていたが聽て小柄な男は相手にぐんぐん小突かれて、遂に電柱のところまで押詰められて了った。電灯に照らし出された二人の顔を見て、友子は愕然として椅子から立上った。

ひとりは大村で、小柄な方は澤木ではないか！　大村の逞《たくま》しい腕節にあっては、気許り

強くても優男《やさおとこ》の澤木などは到底問題にならなかった。今にも頸《くび》を絞上げられて了いそうである。

大村が澤木の頸に手をかけて、力任せて振ったと思うと、その拍子にぐらぐらと電柱が揺れて、灯火がぱッと消えた、四辺は真暗になって了った。友子は目のあたりに演ぜられた恐ろしい光景に、『呀《あ》ッ!』といって椅子に倒れかかった。

暫時の間、庭はひっそりとしていたが、間もなく地を掘るような物音が聞えてきた。友子はのび上って窓から覗くと、茶畑の蔭にカンテラを置いて、何者かが必死になって穴を掘っている。振上げた鍬《くわ》が地上に墜ちる度に、赤い焰《ほのお》にきらきらと物凄く光った。

## 救いの手

闇の中でこつこつ土を掘る音がいつ迄も続いている。間歇《かんけつ》的な鍬の音が、無数の星の輝いている空に、力強く鳴り響いている。

『何だろう……何かを埋めているらしいけれど真逆人間の死骸を……』友子は恐ろしさに身振いした。……大村と澤木が声も立てずに恐ろしい格闘をしていた。大村の手がずるずると延びて相手の頸を扼《しめ》にかかった。相手の澤木はそれを免れようとして凄まじい形相をして身体を踠《もが》いた。澤木の押つけられていた電柱がゆらゆらと揺れて、電灯が消えたのは其刹那であった……。

　友子は異様に緊張してきた。闇の中に耳を欹《そばだ》てて何の物音をも聞遁《ききのが》すまいとした。

　鍬の音が止んで了うと、天地は再び元の寂寞《せきばく》に返って、友子が解き難い謎――大村の行為を疑ったり、澤木や近くに住んでいるらしい内儀《かみ》さんの事など――に幾度もぶつかっているうちに、夜が段々更けていった。

　疲労《つか》れきった友子が部屋続きの小さな寝室で目を覚した時には、黄色く塵埃《ほこり》の溜ったガラス窓の外に初夏の雨が糸のように降っていた。

『今日こそ何かあるに違いないわ。ここを脱出したところで、別にゆくところはないけれども、機会さえあれば屹度《きっと》脱《で》てやるわ。』友子はいつも食事を運んでくる内儀さんの事を思浮べた。肥満《ふと》って柄は大きいが、一人と一人との勝負なら、そうむざむざ負ける筈はない。学校にいた時は庭球や、籠《バスケット》ボールの選手として鍛えた腕をもっているので、友子は腕力では自信をもっていた。それ故いざという場合には内儀さんが部屋に入ってきた時に、最後の方法を執って脱出《ぬけだ》す考えだったので、案外友子は落着いた、大胆な気持になっていた。

庭園を広くとった一軒家で、裏の地境いの頭の重い竹藪が雨に濡れて揺れていた。友子は床を離れると第一に窓際へいって庭先を眺めたが、生新らしい電柱は片側を雨で赤く染めて、昨日と同じように立っていた。庭の隅の躑躅《つつじ》にも、垣のように並んだ低い茶畑にも何等異常はなく、恐ろしい格闘の演ぜられた形跡もなかった。注意して見ると、前夜鍬を入れたらしい部分は新らしい土が、いくらか盛れ上っているが、植木鉢や庭石などを配して巧みに隠してあった。

そこへ突然、朝の食事をもって例の女が入って来た。

『昨夜何か変った事がありましたか？』女は部屋の中を迂散《うさん》らしく見廻しながらいった。

『何が変った事だか、私はちっとも解らないわ。東京へ来てから何も彼も変った事許りにぶつかっているんですもの、もっと何か特別に変った事でもあって？』

『裏口の扉が開いていたんですの、それで誰かが嗅付けて来たんじゃァないかと思いましたんですよ。』

『私を瞞《だま》してこんなところへ連れてきた澤木という男じゃァないの？』

『澤木さんなら心配はないけれども……それにしちゃァどうも様子が怪しいから……』

女は急にそわそわして立上った。

『待って頂戴ね、私も一緒にゆきましょう。』と友子はいった。

『いけません。貴女を外へお出しして、もしもの事があると大変ですから、最う暫時の間ここに辛抱していて下さい。』

『もしもの事とは何です。』

『良子さんを誘拐したと同じように、敵の奴等がお嬢さんを狙っているのです。』

『何だか知らないけれども、私には皆な敵のように見えるわ。』友子は冗談らしい気持でいった。それ程彼女には余裕があった。出てゆこうとする内儀さんを、後から引ずり戻して、自分の代りに部屋へ閉込めておく位は造作なかった。

『私達こそ真実にお父様の味方なんですよ。悪い奴が貴女のお父様を裏切って、罠に落そうとしているんです。ですからお父様の御苦労も大抵じゃァないんですよ。』女は部屋の外から戸閉りをして、小走りに階段を下りていった。

内儀さんはそれっきり、昼になっても、夕方になっても姿を見せなかった。雨はその頃まで同じように降りつづいていた。この懶《ものう》い日がいつ果つるとも知れない。内儀さんが顔を見せないのは、何か変事があったのかも知れない。うかうかすると永久にこんなところで干乾にされて了う。友子はどうしても部屋を脱出そうと思って、把手《ハンドル》をがちゃがちゃやっていると、何処かで微かな物音を聞いた。それは盗むように階段を上ってくる跫音《あしおと》であった。友子は全身に冷水を浴びせられたようにぞっとして部屋の真中に立竦《たちすく》んだ。跫音は扉の前で停った。続いて軽く扉を叩く音がした。

『今頃誰でしょう?』友子は戦《おのの》く胸を押えてじっと耳を澄した。

扉は再び叩かれた。それは前よりも間が短く性急であった。聽てがちりと錠の外れる音がして、扉が開いた。懐中電灯の光がさっと室内へ流込んだ。

『友子さん! 僕です、大村です。』

『ああ、大村さん! 何しにいらっしゃったの?』

『貴女を助けに来たのです。真実によかった。僕は随分捜しました。すぐ一緒にゆきましょう。貴女にお話しなければならない事が沢山ありますが、安全な場所へいってからにしましょう。』そういう中にも大村は気が急《せ》くと見えて、雨の吹きつけている窓ガラスに額を寄せて、戸外の様子を窺っている。

友子は大村に対していろいろな疑念を抱いていた。けれども今の場合、そんな事を考慮しているよりも、一刻も早く、この奇怪な家から連出して貰いたかった。

友子は何の躊躇《ちゅうちょ》もなく大村に従って部屋を出た。そして彼が用意してきてくれた雨外套《がいとう》を頭から被って、電灯の消えた暗い庭を横切った。友子はその時ふと、前夜赤いカンテラの火影に照らされて鍬を振上げていた恐ろしい人の姿を、闇の中に思浮べた。

『大村さん、貴郎は昨夜ここで何をしていらっしゃったの?』友子は思切って訊ねた。

『貴女はそんな事を見ていらっしゃったのですか……貴女がここにいらっしゃった事が分っていたら、昨夜の中に連出してあげたのでした。』

『庭を掘って、何かを埋めていらっしゃったのではありませんか。』

『ええ、あるものを秘密に葬って了いました。それは貴女のお父様を救う為でした。』大村の言葉が終らない中に、二人は次第に近づいてくる自動車の音を聞いた。

『いけない！　後へ引返して裏口から出ましょう。』大村は狼狽していった。

『何です。誰かここへ来るのですか？』

『そうです、捕ったら大変です。早く、早く。』と急立《せきた》てられて友子は無我夢中で、大村の後を追って、裏門から屋敷の外へ出た。

足場の悪い小径《こみち》を抜けて、そっと表通りへ出ると、一台の自動車が屋敷の前に停って、中から数人の警官がばらばらと飛下りたところであった。

## 光明へ

二人は競馬場の傍を抜けて暗い夜道を只管《ひたすら》目黒駅へ急いだ。終点から乗った市内電車を名光坂で下りて、交番の横を通って明るい通りへ出ると、初めてほっとして互に顔を見合せた。大村の顔には些《いささか》の暗い影もなかった。友子は自分の心の奥に潜んである疑惑をどうかして消して了いたいと希《ねが》った。それには一層の事、麹町の家へ大村が何をしに来たのかを第一に糺《ただ》した方がいいと思った。

『貴郎はいつかの晩、麹町の家を御存知でいらっしゃいますわね。』と問いかけた。大村は不意の質問に鳥渡《ちょっと》狼狽して直ぐには応えなかった。

『貴郎はいつかの晩、麹町の家へおいでになりましたでしょう？』

『いいえ……決して……』

『あら……何故お隠し遊ばすの……私お目にかけたいものがございますの。ほらこんなものを拾いましたのよ。』友子は懐中から例の紫の羽織の紐を出して大村に見せた。

『これは何です？　女の羽織の紐じゃァありませんか。』

『あの晩、人殺しのあった部屋に落ちていましたのよ。』

『えッ！　矢張りそうだったのですか……一体誰が殺されたのです？』

『良子さんのお母さん……多分そうだと思います。』

『それで貴女は僕を疑っていらっしゃるのですか。』

『いいえ、私は貴郎がそんな恐ろしい事をなさる方だとは信じません。けれどもあの晩貴郎が周章《あわ》てて裏門を出ていらっしゃったのを今だに不思議に思っていますの。』友子はその晩の出来事を残らず話した。

『人間はロマンチックになると、常規を逸するものです。僕は随分思い切った冒険をしました。でもその理由は御聞きにならないで下さい。只僕は決して罪を犯していないという事だけを信じて頂きたいと思います。』大村は熱心に云った。

『それは、私、貴郎を信じて居りますわ。』

『有難う、けれども貴女はどうして初めて会った許りの僕を、そんなに信用して下さるのです。』

『多分私の直感でございましょう……私は貴郎に対して不審は抱いて居ります。けれども、どうしても悪い方だとは考えられませんの……』

『友子さんは私に好意をもっていて下さるのですね。他人に信用される位愉快な事はありません。』

『貴郎は私を親切にして下さいましたわ。普通の他人はなかなか知らない者にお金を貸したり、酔払いに困らされいるのを見て、直ぐに救いに来たりして呉れるものではありませんわ。それですのに貴郎は随分親切にして下さいましたから私は普通以上に、いい方に違いないと信じて居りますの…』という友子の素直な言葉に大村は額を赤くして、返答に窮した。

『それ程に僕を信用して居て下さるなら、白状しますがね……実は貴女が刑務所へ御出になった時から、僕は貴女の事が気になって仕方がなかったのです。僕は貴女が御父様に面会に御出になった事、それからお父様がどういう理由で刑務所に送られていらっしゃるかという事などを、失礼だとは思いましたが、密かに調べたのです。無論貴女の行先まで突きとめました。そしてあの晩、役所が退《ひ》けてから麹町の御宅へ何という事なしに足を向けたのです。すると怪しい男が、御宅の勝手口から入って行きましたから、僕も釣り込まれて、うかうかと門をくぐって了ったのです。夫《そ》れでも流石《さすが》に他人の家へ無断で踏み込む程、理性を失って居りませんでしたから、僕は庭へ廻って、暗い窓を見あげて居たのです。』

話に身が入って、二人の歩調は自然と鈍った。雨はいくらか小降りになったが、風が出て、街路樹の葉に溜った露をぱらぱらと吹落した。

『貴郎は私が二階の何処に居たか御存知でしたの。』

『僕は貴女が階下にいらっしゃるか、二階にいらっしゃるか知りませんでしたけれども、どの窓もみんな貴女の窓だと思って小夜曲《セレナーデ》を唄うような気持でいたのです。ところが突然、人殺しという叫《さけ》びを聞いて吃驚《びっくり》したのです。そして周章てて家へ駈け込もうとしましたが、誰か二階から駈け下りて来ましたから、物陰に隠れて、其奴の正体を見届けたのです。それは前に云った怪しい男でした。僕は『人殺し！』と叫んだ声が年寄らしかったので、貴女ではないと思っていくらか安心していました。然し矢張り貴女の事が気がかりでしたから、四ッ谷見付の交番へ届けて一旦自分の宿へ帰ったのです。けれども僕は貴女の事が心配でどうしても寝つかれないものですから、又床から飛び起きて、ふらふらと家を出て了ったのです。そしてまるで夢遊病者のように御宅の前まで歩いて行ったのです。その時自動車が来て……貴女はあんなに遅く御ひとりで何処かへ出ていらっしゃいましたね、何処へいらっしゃったのです？』

『朝の六時頃でございますか？』

『いいえ、夜中の十二時頃でした。』

『それは違います。それは屹度《きっと》良子さんが出かけたのでございます。』

『では貴女が御出かけになったのはその後だったのですね。兎に角あの時以来貴女が麹町の家から消えて御了《おしま》いになりましたので、僕は必死になって捜しました。そのうちに澤木とかいう男がちょいちょい麹町の家へ出入りしますので若しやと思って尾行して、目黒の家を発見したのです。夫れよりももっと大変な事を知りましたので、昨夜あの家へ忍び込んだのです。』

『貴郎が土の中へ御埋めになったのは何でございます？　貴郎は澤木をどうなさいまし

て?』

『その男は逃げて了いました。僕があそこの庭へ埋めたのはお父様は何と思われるか知れませんが、貴女がきっと喜んで下さるものです……然し何を埋めたかはお耳に入れない方がいいと思います。』

『父は一体どういう事で刑務所へ送られたのでございます? 貴郎が父の為に何かを土の中に埋めて了って下すったというのは、どういう事なのでございます? 私には多少想像がつきますわ。』

友子は刑務所で最初に父に会った時父と良子との間に交わされた不思議な会話を思い浮べていた。

『斑犬《ぶちいぬ》とか白犬とかいうものではございませんか……』友子はチラと大村の顔を見あげた。大村は驚いたように友子を凝視していたが、

『貴女は犬の意味を御存知なのですか? 誰から御聞きになったのです。』と云った。

『誰からもききませんけれども、一寸耳にしましたものですから不思議に思って居りましたの……そして自分勝手に想像を廻らせて居るのでございますの。』友子は父と良子が密談していたのは、贋造《がんぞう》紙幣の事であろうと思っていた。そして仮令《たとえ》どんなに好意をもっていて呉れるとしても、大村にその様な秘密を知られているのは実に恥入った事だと顔を熱

くした。大村は友子が唇を噛んで考え込んでいるのに気づいて、

『心配なさる事はありません。僕がきっとお父様に御迷惑の来ないようにしてあげます。お父様だって好んでなすった事ではないでしょう……世の中はなかなかむずかしい処で、正しい事をしようと思って居ても、色々な事情で心を枉《ま》げなくてはならぬ場合もあるのです。』と慰め顔にいった。

二人は間もなく坂をのぼり切って、鳥山と書いた門灯の出て居る家の前に出た。

『鳥山さんというのはお父様の弁護士です。御存知でしょう？』大村は友子を促して門を入った。鳥山弁護士はまだ帰って来なかったが、大村に宛てた置手紙によって、未決にいる吉野がいよいよ数日中放免になるであろうという吉報を得た。

『真実にようございましたね。』大村は自分の事のように喜んでいった。友子はそれに対して深い溜息を洩《もら》した。彼女の胸には言葉以上の感謝と喜悦《よろこび》が溢れていた。けれどもその喜悦の裏にまだ良子の失踪や、不思議な殺人事件に対する疑惑と不安が残っていた。

二人は書生に導かれて二階の一室に鳥山弁護士の帰宅を待つ事にした。

『では良子さんはお父様の敵に瞞《だま》されて真夜中に家を出たのですね。そうなると確かにその不思議な殺人事件と良子さんの失踪とを結び付けて考える必要があります。菊西家の女将が良子さんのお母さんであるとすると、その晩、家の人達に行先も告げずに麹町の家へ

行ったのは、何かお父様の事で秘密の用件があったのではないでしょうか。』大村は友子が菊廼家へ行った朝の出来事を話すと、こう云って、暫時何事か考えていた。

『でも父に取って大切な用件をもっていた人がどうして殺されたのでしょう。麹町の家は父の味方の家だと思って居りましたけれども……矢張り澤木の仕業でございましょうか……』

『澤木ではありません。あの男はお父様の味方です。それに良子さんと結婚する筈になっている人だそうですから、真逆そんな真似はしないでしょう。僕の推定ではお父様の敵があの家で菊廼家の女将に面会して何か交換条件を持ち出したのだろうと思うのです。ところが談判が不調であったか、或は敵が卑劣な心を起すかして家人の居ないのを幸に、不意に跳《おど》りかかって絞め殺した上で、金を奪って逃げたのでしょう。ところが麹町の家では菊廼家の女将が、その日何の為に来たかという事が問題になると、その説明を公表する事が出来ないので、死体を家から運び出して了って、酔払いと見せかけて湯島へ送り届けたのでしょう。一方敵の方ではこの事実が漏れるのを惧《おそ》れて、良子さんを誘拐したのでしょうと思うのです。』

## 黄色い封筒

鳥山弁護士と大村とは、友子の陳述した材料を基に、極力良子の行方を探索したが、吉野が刑務所を出る日まで、竟《つい》に彼女の消息は知れなかった。こんな事で、吉野が無事に帰って来ても、友子は心の底から喜べないような破目にあった。実際吉野は良子の身の上に就いて酷く心を痛めているらしかった。夫《そ》れから、菊廼家《きくのや》の女将、紫夫人の変死も彼に取って大きな打撃であった事は明白であった。吉野は友子に遠慮して口には出して云わなかったが、親子の間に流れている敏感な神経がことごとに父の悲哀を娘の胸に伝えた。

紫夫人というのは、紫色が非常に好きで常に身の周囲に紫色を用いていたところから、吉野のつけた愛称であるという事も友子は誰に聞かされたともなく知った。

紫夫人は災難のあった当日、取引の銀行から三千円引出した事が判った。三千円の行方は良子が帰ってくれば判る筈である。紫夫人が死体となって菊廼家へ運ばれたのは、午前三時頃であったというのに、良子に電話がきたのは夜中の十二時であった。それ故その時の電話の主は、菊廼家が未だ紫夫人の不幸を知らない中に、既に紫夫人の変死を知っていたのであるから、どうしても犯人或はその一味の者に違いない。尤も友子が直接電話をきいた訳ではないから、果して良子が電話で云った医者云々の言葉は、紫夫人の変死にあてはめるべきものであるかどうかは疑問であった。然し吉野は矢張り友子と同じ考え方をしていた。大村が当日麹町の家へ忍込むところを見たという怪しい人物の人相をきいて、

『夫れは確かに前川という男に違いない。前川は北海道の刑務所で十年も暮してきた男で、人間の生命など何とも思っていない悪党だ。』と云った。

『そんなに判然と見当がついているのなら、直ぐ訴えたらいいでしょう。姑息な事をしてお置きになると、却って貴老の御為にならないでしょうと思います。』大村は遠慮なく自分の意見を述べた。

『然し良子を取戻すまでは手荒な事は出来ない、奴の相棒の服部というのは余程以前から良子を手に入れようとして、澤木と競争《あらそ》っていたのだから、何をするかわからない。ただ相手は今の処、女よりも金の方がほしい時だから、もう少し様子を見ているうちに、きっと何か条件を持出して来る。良子だって子供じゃァなし、何とかして抜出してくるだろうと思っています。』

一同が鳥山弁護士の宅で額を鳩《あつ》めて、善後策に就いて相談しているところへ、一人の男が吉野を訪ねて来た。取次ぎに出た書生が姓名を訊ねても、只吉野に会えば判ると云ったというのを聞いて、友子は不安を感じた。吉野は、

『では応接間へでも通して置いて呉れ給え、直ぐ会うから……』といって平気で部屋を出

ていった。

　友子は少し間をおいて、密かに父の後に蹤《つ》いていったが、丁度友子が応接間の前へいった時、吉野は背後の扉を閉めながら、

『具《クウ》だったのか……』というのが聞えた。友子はいつか父を市ヶ谷刑務所に訪ねた折、クウと澤木との噂を耳にした事があるので、具というのは矢張り澤木の仲間で、犬を預った一人だと感付いた。

『私は郷里の方へ鳥渡《ちょっと》いって来ようと思いますから、例のものは麹町の家へ運んで了いましたよ。』

『麹町へ運んだ?……無闇にそんな事をしては困るじゃァないか。何処へ置いた?』吉野は詰《なじ》るように怒声《いかりごえ》をあげた。

『大丈夫です……犬小舎へ追込んでおきましたから心配ありません。』具はここでもまた犬という言葉を使っている。

　夫れから暫時して、

『どうしてあんなへまをやったんだ。』と吉野は低い声でいった。

『あの晩九時に、麹町の家へ集る約束だったのに、角袖が家の前をうろうろしていたので、つい出そこなって澤木さんと私は三十分許り遅れて行ったのです。ところが玄関を入ると

良子さんが二階から転げるように馳下りてきて、大変だ！　大変だ！　というから、いって見るとあの始末なのでした。良子さんは矢張り買物か何かに出かけて、不在にしていたんだそうです。前川の奴が先にいっていて遣ったので、女将さんは三千円で証拠書類を買取る心算《つもり》でいたのを、澤木さんは談判して千五百円位にさせるといっていたのです。』

『じゃァ、金は只取りされて了ったのか……書類がまだ奴等の手にあるのはまずいな……』

夫れから二人は声を潜めて密談を始めたので、一言も聞取れなかった。友子はそっと扉を離れた。

間もなく具という男は帰っていった。それはいつぞや麹町の家の勝手口で爺やと立話をしていた怪しい男であった。友子は犬小舎云々の事が気になるので、大村に相談をしようと思っていたが、吉野はまだ相談しなければならぬ事が残っているにも拘らず、急に落着かない様子になって、麹町の家へ帰るといい出した。

そんな訳で、友子は具と父との間に交された密談に就いて、一言も大村にいわずに別れなくてはならなくなった。

麹町の家は相変らず暗い影を抱いて、茂った樹木の中に寂しく立っていた。爺やは二人を迎えると、周章《あわ》てて窓の鎧戸《よろいど》を開けたり、カーテンを引いたりして、明るい日光を部屋

の中に入れたが、永らく人気のなかった家は何となく黴臭《かび》くて陰気であった。

吉野は疲労《つか》れきったように、安楽椅子に凭《よ》りかかってパイプに刻煙草を塡《つ》めかけたが、庭に面した窓の戸の隙間に、差込んである黄色い封筒を見つけて、

『おや！　何だろう？』と呟いて、体躯《からだ》を前へ起した。

窓際に立っていた友子はすぐとそれと気付いて封筒を取上げた。吉野は差出人の名のない無気味な手紙を、恐る恐る開けて見た。

——五千円の正金と、白犬五万とを要求す。明夜八時、丸の内ホテル四階百二十号室まで持参せよ。取引の完了と同時に、良子及び書類は安全に貴殿の手に帰すべし。右要求を履行せざる時は良子は永久に帰らざるものと知れ。——H。

黙って父の背後から覗込んでいた友子は、はっとして顔色を変えた。

『何でもない、つまらない悪戯《いたずら》だよ。』吉野は何気ない様子でいったが、啣《くわ》えていたパイプを卓子《テーブル》の上へ投出して、急いで電話室へ入っていった。

友子は、父の顔色を見て、その強迫状は決して無意味なものでない事を悟った。吉野はすっかり狼狽して了って、友子の思惑などを考慮している余裕が無いらしく、電話口の前

に立って見たり、帽子を被って玄関へゆきかけて見たりして、何か考え込んでいた。そこへ澤木が案内も乞《こ》わずに、気忙《きぜわ》しく入ってきた。

友子は、ちらと澤木の姿を見たが、顔を合せるのは工合が悪いと思って、客間のピアノの蔭に隠れた。

吉野と澤木は、小時《しばらく》廊下で立話をしていたが、間もなく客間へやって来た。

『貴老はそんな事を仰有《おっしゃ》るけれども、今の場合、多少の危険を冒さなくてはなりません。良子さんの身にはかえられませんからね。』澤木は興奮した調子で云っている。それに対して吉野は、ごとごと云ったが、声が低くて聞き取れなかった。

『五千円の現金がやれなかったら、白犬の数を増して現金の方は二千位に負けさせたらいいではありませんか。そして此取引を済したら、直ぐ上海へ高飛びするんですね。それからあの方は……』

二人が声を潜めて、密談をしていると、玄関の呼鈴がけたたましく鳴った。友子は直ぐ取次ぎに出ようと思ったが、図らずも密談を立聞きして了ったので、出るに出られないような破目になって了った。

『若し、若し、吉野さん！　どなたもいないのですか……』

それは確かに大村の声である。じっと耳を澄していた澤木は猫のように跫音《あしおと》を忍んで玄関へ出ていったようであったが、軈《やが》て二人の跫音が入乱れて聞えてきた。

『僕がここにお留守居をしていますから貴郎方は一刻も早く、御出かけになった方がいいでしょう。』と大村が云った。

吉野と澤木は、周章てて家を飛び出していった。

後に残った大村は、二人を乗せた自動車の爆音が、遠くに消えて了うと、急にガタガタ探しごとを始めた。友子は何事であろうと、不思議に思って、ピアノの後からそっと出て見ると、大村は書斎へ入って、戸棚や机の抽出《ひきだし》などを開けている。

『大村さん！　何をしていらっしゃるの？』友子は鋭く咎《とが》めた。

『ああ、友子さん！　貴女はいらっしゃったのですか。』大村は悪びれもせず、平気で云った。

『ええ、私はピアノの蔭にかくれて居ましたのよ。』

『どうぞ貴女も手伝って下さい。貴女は白犬という言葉の意味を御存じですか？　犬というのは、贋造紙幣なんですよ。こんな事を云っている間にも、警察から手が廻るかも知れませんから、お父様のお留守中に、早く何とか処分して置かなくてはなりません。』

『父は何処へいったのでございます？』

『目黒へいらっしゃったのです。目黒の家に手入れがあるのです。贋造紙幣があそこにも隠匿《いんとく》してあるから、その処分をする為にいらっしゃったのです。敵が警察へ挙げられたものですから、みんな秘密を自白して了ったのです。』大村は急しく説明した。

二人はそれから必死に、家探しをしたが、何処にも怪しい品は見出されなかった。友子は具《クウ》の云った犬小舎という言葉を思い出したので、

『裏の物置の中を見ましょうか。』と云い出した。大村は先に立って、裏へ廻り、物置小舎へ入っていった。友子は薄暗い物置の中を見廻して、案外に物を隠匿するような場所がないのを知って、一寸失望したけれども、大村は丹念に壁や床を検《あらた》めていたが、やがて片隅に積重ねてあった炭俵を除けて、薄縁で覆いをした三尺四方に切ってある床板を剥《はが》した。

『呀《あ》！　こんなところに秘密の孔《あな》がある。』といいながら用意してきた懐中電灯で孔の中を照らした。友子は恐しさも忘れて、大村のそばへぴったりと寄りそって、三、四尺程掘り下げた孔を覗込むと、古新聞に包んだ贋造紙幣がぎっしり塡《つま》っている。

『まァ、こんなにどうしたらいいでしょう?』友子は途方に暮れて叫んだ。

『友子さん、貴女は早くあっちへいって、門の前で見張りをしていて下さい。人が来るといけませんから、若し警官が見えたら、直ぐに駈けて来て知らせて下さい。それからお父様が御帰りになっても、私共が此処を発見した事は、だまっていらっしゃい。』暗い穴倉の中から大村は声をかけた。友子は頷《うなず》いて、表の方へ走り出た。

友子は大村を信じきっていたが、贋造紙幣の事が気になって、人の跫音がする度に胸をわくわくさせた。凡そ三十分も経った頃、吉野と澤木が自動車で帰って来た。

二人は門の前で自動車を下りると、何者かに追われているように、周章《あわただ》しく門の中へ飛び込んできた。二人とも酷く顔色が悪るかった。吉野は門ぎわの植込の中に立っている人影に悸《ぎょっ》としたが、それが友子だと知ると、

『ああ、お前だったのか。そんな処で何をしているの?』と訝《いぶか》しそうに娘の顔を見守った。

『父様こそ、どうかなすったのではありませんか。何か凶《わる》い事でもあったのではなくって?』友子は親子の間でありながら、互に秘密を抱いて、斯うして打解けないでいるのを考えるだけでも、胸が塞って来た。

『心配しなくても宜しい。早くこっちへおいで。』吉野は友子の肩に手をかけて、家の中へ連れていった。

客間へゆくと、いつの間にか大村は、安楽椅子に、ゆったりと腰を下して新聞を読んでいた。吉野を見ると、席を立って、

『如何でした。犬の処分はつきましたか?』と何気ない様子で訊ねた。吉野は黙って澤木と顔を見合せた。

『大村さん、目黒にはもう手が廻って居りました。一足違いで飛んだどじを踏んで了いま

した。』吉野は思わずどじなどという言葉を使って了ったのである。

大村は思いやりのある眼付で、白髪を頂いている老人と、淋しそうな様子をして立っている友子とを代る代るに見ながら、

『御心配なさらなくても、大丈夫です。実はあちらの家のものは、僕が全部処分して了ったのです。』と慰めるようにいった。

『処分！　それはいつの事です？』澤木は呆れたように叫んだ。

『いつかの晩、貴郎と闇の中で格闘したでしょう。あの後で僕は、貴所の所謂《いわゆる》犬をみんな、庭に埋めたのです。硫酸をかけておいたから、もうすっかり証拠は堙滅《えんめつ》して了いました。』

大村は人々の顔を見廻して微笑した。

『ああ、そうでしたか……然しそれはいいとしても、ここはどうする。目黒の家があんな風になったんじゃァ、ここも危い。』吉野は沈痛な面持であった。

『今夜具に会って、取引を済せる心算《つもり》です。この最後の取引さえ完全に済して了えば、何処へいったって、安穏に暮せます。』と澤木が答えた。

『今になって、あんなものは持出せない。』

『そう大事を取ったんでは、碌《ろく》な事は出来ません。』

『儂《わし》はもう、いつまでも暗い世界を歩いている事に耐えられない……何も知らない可哀相

な娘を見てから、儂の人生観はすっかり変って了った。儂はもうお前達と永久に別れなければならない。』

『そんな卑怯な事がありますか。貴殿が拒むなら、私は勝手に処分します。仮令《たとえ》貴殿が過去から綺麗に足を洗ったつもりでも、今までの仲間がそうはさせません。貴殿は第二の前川や、服部が現れる事に気がつきませんか。』

吉野と澤木とが、激しく云い争っているところへ、警官の一隊が、どやどやと乗込んで来た。その中の一人が、

『御主人は？』と云って、人々の顔を見渡したが、軈て吉野の前へ来て、

『先刻、菊廼屋の女将を殺した犯人を挙げました。その犯人の陳述によって此家に贋造紙幣が隠匿されてある事を知りました。事の真疑は兎に角として、一応家宅捜索をします。』

と口早に云った。

『何卒御随意に……』吉野は観念して静かに頭をさげた。澤木は赤くなったり、青くなったりして、おどおどしていた。

警官の一行は無遠慮に、天井裏から、床下まで捜した揚句、裏へ廻って、物置小屋へ入っていった。友子は胸がわくわくして、そのままじっとして居る事が出来ず、そっと後をつけていって、戸の蔭から覗くと、警官の一人が炭俵を除け始めた。友子はもう駄目だと

思うと気が遠くなって、よろよろと倒れかかった。背後でこの様子を見ていた大村は周章てて駈け寄って、友子を抱きかかえた。

『友子さん！　しっかりなさい。』

友子は大村の胸に顔を埋めて、さめざめと泣き出した。

『大丈夫ですから、こっちへ来て気を落つけていらっしゃい。』大村は友子を劬《いたわ》りながら、再び客間へ連れ戻った。吉野と澤木は、離々に窓ぎわに立って、死人のような青褪めた顔をしていた。

家宅捜索は一時間程で終った。警官の一行は満足のゆくまで充分に検《しら》べたが、贋造紙幣は愚か、怪しい書類の一通をも見出す事が出来ずに引上げていった。吉野と澤木は久時茫《しばらくぼん》乍《やり》と、警察官が門の外へ出てゆく跫音をきいていたが、ようやく我に返った澤木は、『よかった！　小舎は見付けられなかった！』と叫んだ。

『でもあの人達は物置の中の、秘密の穴倉を見付けましたわ。』友子はわなわな唇を慄《ふる》わせながらいった。それをきくと、澤木と吉野は物も云わずに裏へ駈けていったが、間もなく狐にでも憑《つま》まれたような顔をして戻ってきた。

『どっしたんです？』

『あの紙屑《かみくず》ですか、あれならすっかり風呂の釜の中へ入れて燃やして了いましたよ。紙屑は完全に燃焼して了いましたから、御安心なさい。』と大村は云った。

『ああ、解りましたわ。貴郎は父を目黒へやって置いて、その留守中に、凡てをよくして下すったんですわね。真実《ほんと》に何といって御礼を申上げていいかわかりませんわ。貴郎の御恩は決して忘れません。』友子は感謝に満ちた眼で、大村を見あげた。大村の顔は幸福に輝いていた。彼は言葉以上の心をこめて、堅く友子の手を握った。

それから一ヶ月後に、大村と友子の結婚式が挙げられた。

吉野は一切の野心を棄てて、清い余生を送る為に、北海道へ渡った。彼はそこで、自分と同じように大望を抱き、野心を持った為に、地獄に陥《お》ちた人々の心の友なり、彼等に誠の神の道を説いて、物質以外に、より多き幸福のあることを教えた。

良子は丸ノ内ホテルの一室に監禁されていたが、悪漢等が殺人犯人として逮捕された為に、無事に澤木に救い出された。二人は間もなく相携えて、南米へ移民した。

菊廼屋の女将を殺害したのは、服部という前科者で、暗い社会に於ても最も陰険な、そして凶暴性を帯びた種類の人間であった。

女将を湯島へ送り届けた二人の怪しい男というのは、澤木と具であった。女将の死体が麹町の家に発見されれば、延《ひ》いて彼等の秘密が発《あば》かれる惧《おそれ》があったので、脛《すね》に傷持つ身の窮策から、死体を泥酔者と見せかけ、自動車で菊廼家へ送り届けたのであった。

斯《か》くして日支合同の紙幣贋造団は紫夫人と綽名《あだな》された、菊廼家の女将を犠牲としただけで、掃尽《そうじん》されて了った。

# 黄色い霧

## 一

夏の日毎《ごと》に晴れた日がその侭《まま》九月まで続いたが、暮方はメッキリ早く来るようになった。そして緑の濃く伸びた到る処の行路樹に水のような日光が降りそそいだと思うと間もなく、秋の夜は周章《あわただ》しく更けてゆくのである。地下鉄道の停車場と池のある幽邃《ゆうすい》な倫敦《ロンドン》H公園の横手から、爪先上りになった坂の中途に金井家があった。其辺一帯は閑静な住宅地で、広く庭園をとった両側の邸宅がスクスクと聳《そび》え立って、夜の空に黒い影を劃《かく》していた。それは土曜日の晩であった。十三になる静子という金井家の娘と、主人の姪にあたる田鶴子は、客のロレンゾを戸口まで送って出た。

『ではまたいらっしゃいね。お父様は二、三日のうちにお帰りになるわ。』

静子は背の高い青年を見上げながらいった。

『何というい い気持でしょう。そこの角までお見送り致しますわ。静子さんも、いらっしやいね。』

田鶴子は先に立って快活に石段を駈下りた。三人は肩を並べて勾配《こうばい》の緩やかな坂路を下りていった。突あたりのT字形になった大通りを折々G町通いの乗合自動車が疾走《はし》ってゆくのが見えていた。四辻の文房具店の窓にはまだ明るく電灯が点《とも》っている。

『金井さんは一昨日の晩真実《ほんとう》に巴里《パリ》へお出掛けになったのでしょうかね。』突然ロレンゾがいった。

『無論そうですわ。』

田鶴子の言葉について静子は、

『どこへいらっしゃってもいいわ。お父様は私に真珠の頸飾《くびかざり》をお土産に買ってきてくださるってお約束をなすったのよ。』といった。

『ロレンゾさんは何故そんことをおっしゃるの?』

田鶴子に何事か思い出したように真顔になって訊《たず》ねた。

『私の住んでいる画室の隣室に日本人の画工がいるのです。そこへ来る連中が金井さんの噂をしていたのを、昨夜フトした機会で耳にしたのです。』

『どんな噂?』

『意味はよく聞取れませんでしたが、何か悪い相談のようでした。然し或は私の間違いか

も知れないのです。』

『けれども、そんなところで、何の関係もない伯父《おじ》さんの噂をするなんて、どうせ碌《ろく》なことではないと思うわ。若しやそれは門野《かどの》という人じゃァなくって？』田鶴子は美しい眉を顰《ひそ》めた。

『私、門野の伯父さんなら知っているわ。でもお父様は大嫌いだから家へは来ないのよ。』

静子は傍から口を出した。

『顔も見なかったし、名前も知りません。』

『門野なら、現在は上海にいる筈ですけれども……』

田鶴子は思い返したように呟いた。

談話をしながら丁度町角へ出たとき、不意に往来を隔てた向う側の舗道の上を黒い小さな人影が飛鳥《ひちょう》のように走っていった。三人が喫驚《びっくり》して足を停める間もなく、警官を先にして数人の男が口々に何事か喚《わめ》きながら、バラバラとその後を追っていった。

『何でしょう？　泥棒でしょうか？』

『子供のようでしたわね。』

『イイエ子供じゃァありません。背の低い老爺《おじい》さんのようでした。』

三人は一つ所にかたまって、不安らしく囁《ささや》き合った。方々の窓がガラガラと開いて、女や男の首が出た。町の人々は漸く寝入ばなであったから寝巻の上へ外套《がいとう》を引《ひっ》かけてわざわざ戸外へ出たものもあった。暫くすると最前の怪しい男を追っていった二、三の弥次が、何事か大声に話合ながら引返して来た。ロレンゾは突如娘達の傍を離れて馳《はし》って行った。

『何かあったのですか。』

ロレンゾが早口に訊ねると、そのうちの一人が、

『大方泥棒が戸惑いでもしたのでしょうよ。幽霊屋敷から出てくるとこを警官に誰何《すいか》されて、逃け出したのです。』と応えた。

『何、幽霊屋敷ですって?』

『M町の時計屋の隣の空家さ。評判の幽霊屋敷よ。』

他の一人が打《ぶ》っきら棒にいった。

『あの空家から誰かが出てきたというのですか。それからどうしました。』

『老爺《おやじ》の癖に恐ろしく逃足の早い奴よ。俺達は一生懸命に追い駈けたが、とうとう遁《に》がしてしまった。』

『どこから入ったろう、鍵が下りている筈だが……』

ロレンゾは呟いた。相手は聞咎《ききとが》めるように青年の顔を覗き込んで、

『大分詳しいようだが、君は幽霊屋敷の関係者かね。』といった。

ロレンゾは狼狽《うろた》えて、訳の分らぬことをいい残して、娘達の立っている所へ戻った。

『どうしたの？　泥棒が捕ったのですか？』二人の娘は左右から聞いた。

『さァよく分らないのです。何でも逃てしまったとかいうのですが……』

ロレンゾは捗々《はかばか》しい応えをせず、と落着きのない様子で、間もなく其の場を立去った。

田鶴子は小さな姪の肩に手をかて、青白い街灯の光に照らし出された敷石の上を歩き出した。主人のいない家はどことなく淋しかった。田鶴子は裏庭に面した三階の寝室へ入ると、部室の電灯を消して、窓際の椅子に腰を下した。高い空に数えるほど星が見えている。芝生の突あたりは厚く蔦《つた》の絡んだ低い煉瓦《レンガ》塀を境にして、隣家の庭園になっている。見渡す限りどの家の窓も真暗だった。たった一つ裏通りにあたる四階の窓に赤い電灯が点いていた。田鶴子はその赤い窓を見詰めながら呆然と、ロレンゾは、ロレンゾの美しい顔を思い浮べていた。

伊太利《イタリー》人を父に持ち、日本人を母に持ったロレンゾは、羅馬《ローマ》式の輪廓の正しい容貌と、美しい薔薇色の皮膚とを父親から受けつぎ、黒いツヤツヤした頭髪と、黒燿石のような瞳とを、母親から受けていた。彼は早くから両親を喪った寄辺《たより》ない身の上であった。彼女自身とは知合となってまだ日は浅かったが、日頃から物堅く、滅多に人を褒めたことのない叔父が、人一倍ロレンゾを贔屓《ひいき》にしている事実が青年を頼母《たのも》しく思わせていた。夜更けと共に四辺は一層静かになった。折々大通を走っていた自動車の音も、すっかり杜絶《とだ》えてしまった。田鶴子は窓を離れて床に就いたが、またしても目先に浮ぶのはロレンゾの顔であった。そして別れ際のいつになく周章《あわ》てた態度が、異様に感ぜられて容易に寝付かれなかった。

それから幾十分経過《た》ったか、現実と夢の間をうつらうつら辿《たど》っていた田鶴子は、突然玄関の扉を烈しく叩く音に俄破《がば》と身を起した。耳を澄すと敷石を踏む靴音に交って人の話し声が聞えてきた。女中も料理人も起きてる気配がないので、田鶴子はガウンを引かけるなり、勇気を鼓《こ》して階段を下りた。玄関の外には大きなヘルメット帽を冠《かむ》った巡査と、平服を着た二人の男が立っていた。

『お嬢様ですか、今晩は大変お気の毒な知らせを持って上りました。あなた方のことを考えると、御同情に耐えぬ次第ですが……』

巡査は田鶴子を見ると丁寧に挨拶をしながらいった。彼はこの界隈を受持っている見知《みしり》越《ごし》の男であった。田鶴子は咄嗟《とっさ》にある不吉な直感を覚えた。

『簡単にいいますが、お驚きになってはいけませんよ。御当家の御主人の金井さんに御不幸があったのです。詰《つま》り金井さんは病死なすったのです。私共は警察のものです。お死去《なくなり》になった御主人に就いて少々お伺いいたしたいことがあってまいりました。』

男は稍々《やや》口早に云った。田鶴子は最初玄関の扉を開けて、警官と顔を合せたときから、何かしらある恐ろしい事件が、相手の口から洩《も》れるのを密かに予期していたものの、真逆《まさか》伯父の死を警官の口から伝えられようとは思わなかった。田鶴子は乞《こ》わるるままに一同を玄関わきの応接間へ請《しょう》じ入ると、

『伯父は旅館へ着いてから、死亡《なくな》ったのでしょうか、それとも途中の汽船の中ですか？』

と急込《せきこ》んで問いかけた。余りの驚きに彼女は伯父の死を悲しむことさえ忘れていた。

『旅館どころじゃァない、つい目と鼻の先の空家で死んでおられたのですよ。』と巡査が答えた。

『ホウ、汽船へ乗ったとかおっしゃったが、御主人は巴里へでもいらっしゃったのですか。それは何時のことですね。』背広服の男が訊ねた。

『一昨晩です。商用で一週間ほど巴里へいってくるとおっしゃってお出掛けになったのです。それなのにどうしてそんな空家などに……』

『私共がお宅へ上ったのはその点を取調べたいと存じたからです。然し順序として、私共がどうして金井さんの死骸を発見したかということを、お伝えいたしたいのです。』

　刑事は更に言葉を続けた。

『ここにおらるるP君は毎夕午後六時から十時まで、M通りからこの町角にかけて巡羅《じゅんら》を受持っておるのです。P君は最後の四度目の巡回をして、丁度十時十分前にM通りの片端《はずれ》

にある時計屋の前へ差《さし》かかったとき、日頃私共が疑問としている隣の空家から、怪しい老人が飛出してきたのです。P君は挙動不審の廉《かど》で相手を呼止めました。老人は聾者の上に酷《ひど》い吃言《どもり》なのです。彼は訳の分らぬことを口走っていましたが、矢庭に逃げ出して、遂に行方を見失ってしまいました。』

『そんな次第で老人を取遁がしてしまったのですが、それを機会に怪しい空家を探検することができたのです。P君の報告を受けた私共は、直にM町へ向いました。塵埃《ほこり》に塗《まみ》れた階段を上って三階までは何等の異常をも認めなかったのですが、四階の寝室で思い掛けぬ金井氏の死体を発見したのです。』

　刑事が事件の経過を語っている間、もう一人の男と巡査は室内を歩きながら、何事かヒソヒソと囁《ささや》き合っていた。

『私共は直に付近の医者を迎え、同時に警察医を待ちました。検視の結果、死因は脳溢血《のういっけつ》で死後二十四時間余を経過したものと確定しましたが、ただ後頭部に銅貨大の裂傷があるのが、猶疑問とされております。尤《もっと》もそれが致命傷でないことは明白ですが、或はそれが間接の原因となったかも知れんのです。そして最も奇怪なことは、寝台の下から、日本政府の発行に係る巨額の贋造《がんぞう》紙幣が発見されたのです。』

『最後に五階へ上ろうとしますと、屋根裏にあたって物音を聞付けました。然しそこは物稍《やや》置になって種々ガラクタ道具が投込んである許りで、何ものもおりませんでした。私は力抜けがして何気なく窓から顔を出しますと、麦藁帽子を冠った怪しい男が、将に裏庭を乗越えようとしているのを認めたので、短銃で狙撃しましたが、残念ながら曲者はそのまま闇の中へ走り去ってしまったのです。』

田鶴子は聞く度毎に驚異の目を瞶《みは》って、言葉もなく相手の顔を見詰めていた。

階下の物音をききつけて、しどけない服装をした女中と料理人が、静子を間に挟んで恐る恐る階段を下りてきた。そのとき、町の角を曲ってくる自動車の低い響が聞えてきた。間もなく車は家の前に停った。金井老人の死骸を乗せた警察の自動車が着いたのである。

## 二

黒い二、三人の人影がバラバラと自動車から飛下りた。そして玄関に現れた警官の手をかりて、死骸を黙々と階上の寝室へ運んだ。開放《あけはな》った玄関から冷たい夜風が流れ込んできた。正面の壁に懸った大時計は真夜中の十二時を過ぎている。警官の一行が打湿った金井家を静かに引上げていった後、広い家の中は急に気味の悪いほど沈まり返った。最前から無意識に田鶴子の手を堅く握りしめていた静子は、そっと手を放してトボトボと階段を上って行った。廊下の隅に真青な顔をした雇人が一団になって慄《ふる》えていた。田鶴子は雇人達をそれぞれ引下らせると、電話室へ入って、日頃金井家と別懇にしている誰彼の許へこの凶報を知らせた。電話の用を済ませた田鶴子は、小さな静子を気遣いながら二階へ急いだ。

整然と取片付けられたその部屋は、老人の寝室兼居間に用いられていた。南に面した広い二つの窓には、樺色《かばいろ》がかった天鵞絨《ビロード》の厚いカーテンが引いてあった。安楽椅子の前の小型の卓子《テーブル》には、老人の愛翫《あいがん》していたパイプの数々、緑色の煙草の缶などが、ありし日のままに残っていた。入口の壁に沿うて真鍮《しんちゅう》製の寝台が据えてある。その上は純白の布をかけた老人の死骸が安置されてあった。静子はまだ夢から醒めきらぬように力のない目を見開いて、茫乎《ぼんやり》と変り果てた父の姿に目を注いでいた。お土産に巴里の人形を買ってくるといって、平常より一層元気よく家を出ていった木曜日の有様を考えると、彼女はどうしても父の死を信ずることはできなかった。けれども斯《こ》うして目前に横たわっている異様な父の姿をじっと見詰めていると、堪えがたい悲哀が犇々《ひしひし》と胸先に迫ってくるのであった。

白羽二重と針箱を抱えて入ってきた田鶴子は、父の亡骸《なきがら》に取縋《とりすが》って啜《すす》り泣いている静子の肩に優しく手を置いて、

『さァ、もう泣くのは止めて、お父様の経帷子《きょうかたびら》を縫いましょうよね。』と宥《なだ》めるようにい

った。

静子はようやく顔をあげたが、ダラリと寝台の縁に下った父の手を見ると、

『オヤ、指輪がないわ。どうしたのでしょう。』と叫んだ。

田鶴子もそういわれて気がつくと、いつも老人の左の小指に光っていたエメラルドの指輪が無くなっていた。それは老人が妻の形見として、片時も離したことのない品であった。

『白金の時計や紙入がちゃんとしているのに、指輪だけがどうしてないのでしょう……私はどうしても叔父様が病気でお逝《なくな》りになったとは思わないわ……』

田鶴子は何事か思い当ることがあるらしくいった。

二人は老人の奇怪な死に就いて、それからそれと心付くままに語合っていたが、その間も絶えず針を持つ手を動かしていた。戸外では強い風が庭の樹木を鳴らしていた。折々どこかの部屋で閉め忘れた鎧戸《よろいど》が、風に煽《あお》られて烈しい音を立てている。二人は甲斐々々しく老人の洋服を脱《ぬが》せて、縫上《ぬいあが》った羽二重の経帷子を着せた。二人とも今はこの思い掛けぬ不幸を悲しむよりも、老人の死を繞《めぐ》る謎を解こうとする気持で昂奮《こうふん》しきっていた。田鶴子は洋服を畳みながらも、一つ一つポケットを検《あらた》めていたが、最後にズボンの横隠袋《よこかくし》から皺苦茶になった敷島の空《から》袋を探し出した。

『あなた、これ何だか知っていて？　日本の煙草よ。こんなもの日本では何でもないけれ

ども、倫敦では珍らしいのよ。どうしてこんなものが叔父様の手に入ったのでしょう。』

といった。

そのとき階下で消魂《けたたま》しく電話の鈴が鳴った。

電話の主はロレンゾであった。酷く昂奮しているらしく、言葉の調子がいつになく乱れていた。

『真実に驚きました。叔父さんにこんな不幸があろうとは夢にも思いませんでした。あなた方がどんなに悲んでいらっしゃるかと思うと、すぐにもいって上げたいのですが……兎に角明日の朝早く伺います。それから……田鶴子さん、変なことを伺うようですが、あなたはどのようなことがあっても私を信じてくださいますか。』といった。そして田鶴子の明確《はっきり》した言葉をきくと、

『有難う。あなたは私を信じたことを決して後悔なさらないでしょう。それからもう一つお願いがあるのですが……若し警察から何か訊ねにゆきましても、私が金井さんから特別の恩顧を蒙《こうむ》っていたことは、どうぞおっしゃらないでください。』と言いにくそうに付加えた。

ロレンゾは更に言葉をついで何事か云いかけたが、その部屋へ誰か入ってきたらしく、何か解らぬことをいっているうちに、電話はその侭《まま》きれてしまました。田鶴子は胸に圧《お》しつ

けられるような気持で電話室を出た。壁の時計は三時半を指していた。ロレンゾは金井家と親しくしている事実が警察へ知れるのを、何故そのように惧《おそ》れるのであろう。彼女はその晩連立って町の角までいったとき、怪しい老人の姿を見てから急にロレンゾの態度が変った事などを思い合せて、益々不安になった。殊にロレンゾが叔父の死を知っていたということは、如何にも不思議に思われた。田鶴子はどうせ毎日訪問するロレンゾを夜中に驚かせるにも及ばないと思って、わざと電話をかけずにおいたのであった。尤も田鶴子が電話で知らせた先から、又聞したのかも知れない……とも思った。

田鶴子が部屋へ戻ると、長椅子の上に横になっていた静子が起上って、

『どこからかかってきたの。』と訊ねた。

『緒形さんの奥さんが、何かお手伝いすることがあれば、直ぐ伺うからとおっしゃったけれども、お気の毒だからお断りいたしましたの。』田鶴子は咄嗟《とっさ》の間に出任せをいってしまった。

日頃から静子には何事も隠さずに打明けていたにも拘らず、何故かロレンゾの電話を隠すような気持になっていた。

重苦しい一夜がようやく明けた。細い灰色の雨が霏々《ひひ》として敷石を濡らしている。金井家は正午までに十数人の弔問《ちょうもん》客を受けた。大部分は田鶴子と静子と見識った顔触れであっ

たが、中には名前も聞いたことのないのがあった。人々は孰《いず》れも金井老人の突然の死を悼《いた》むと共に、何故そのような空家に居合せておったかという点に深い疑念を懐いていた。

『巴里へ出掛けたのは三、四日前だっていうじゃァないか。』と緒形という美術商がいった。

『そんな筈はない。僕は木曜の晩遅く会っている。』と相手の中村がいった。中村というのは十数年前から日本を離れて、海外を放浪している興行師であった。

『では、巴里へゆくといって家を出たその晩に会ったというのだね。一体それはどこだ?』

『パトネエ町さ。公園の傍のカフェーで外国人らしい男と一緒にいたっけ。帰りしなに挨拶をして往こうと思ったけれども、先方では談話に夢中になっていたから、僕はその侭店を出てしまったのさ。』

『パトネエとは妙な方角へいったものだね。それで相手はどんな種類の人間だったね。』

『それがね、伊太利人らしい中年の男で、ひどい服装をしているんだ。何を話しているのか薩張《さっぱ》り解らなかったが、伊太利語のようだった。』

中村の話では、その店は身分のあるものが入るような場所でなく、相手の伊太利人がややもすれば卓を叩いて昂奮するのを、金井は頻《しき》りに慰めているらしかったということであった。

『金井君は日本にいたときから、伊太利貿易を営《や》っていたから、伊太利には多方面に亘《わた》って可成り知合があるらしい。その男も不思議といえば不思議だが、M町の空家は大に研究の価値がある。』と緒形はいった。

『警察では何と思っているか知らないが、僕は普通の病気が原因ではないように思う。』

『私もそう存じますわ。』

最前から二人の話に耳を傾けていた田鶴子は、熱心に言葉を挟んだ。彼女は昨夜から一睡もしないので疲れきっていたが、奇怪な謎を解こうとする一念は、火のように燃えていた。

彼女は前夜M町の幽霊屋敷から飛出してきたという老人を第一に怪しく思い、叔父がパトネエ町のカフェーで一緒になっていたとかいう、伊太利人にも疑《うたがい》を抱いたが、何よりも気掛りになっていたのは、約束のロレンゾが昼過ぎになっても姿を見せない事であった。田鶴子は彼に会っていろいろ聞き糺《ただ》したいこともあるし、また相談相手にもなって貰いたかった。いつも何事かあると一番先に駈付けて来る筈の彼が、このような場合に来ないのは、いよいよ只事でない。弔問客の帰った後、疲《つかれ》きった静子は床に就いてしまった。田鶴子はひとり客間に残って、熱《ほて》った額をガラス窓に押しあてながら、まだ暮れきれない往来に茫乎目を注いでいた。油のような雨が小歇《こやみ》なく降っている。一列に繋っている鈴懸樹《すずかけ》の並木の間々に、街灯が蒼白く点《とも》っていた。

誰かが石段を上って来た。田鶴子はチラと見て、それが電報であることを知ると、胸を躍らせながら玄関へ走り出た。急いで封をきると、

『ロレンゾヲチカヅケルナ、カレハキケンジンブツナリ。』と認《したた》めてある。無論差出人の名は記してない。発信局はパトネエとある。パトネエといえば、先刻の話に、中村が木曜日の晩叔父を見掛けたという町である。田鶴子は最初電文の意味をよく了解できなかったが、読返してゆくうちに刻々と不安の念が嵩《こう》じてきた。一体これはどういう意味にとったものであろうか、発信人は果して金井家に味方するものであろうか。それとも何かの理由でロレンゾを陥入《おとしい》れようとするものの所意であろうか。田鶴子の心は何故か知らず識らず後者の方に傾いていた。

日は全く暮れた。田鶴子は暗い部屋で時の経つのも知らず物思いに耽っていた。

突然電灯が点《つ》いたので驚いて振返ると、昨日の探偵が女中に案内されて入ってきた。田鶴子は殆んど無意識に電報を持っていた手を後ろへ隠して立上った。

『またお邪魔に上りました。実は金井さんが生前近しくしておられた方々のお名前を承りたいと存じまして……』と言いながら勧められた椅子に腰を下ろしたが、微笑を湛《たた》えた目の底に鋭い光が輝いていた。

田鶴子は頷ずいて叔父の知人の姓名を列挙したが、ロレンゾの姓名はわざと後の方に付

加えた。彼女はパトネエで木曜の晩に叔父を見掛けたという中村の談話、指輪が紛失していたこと、ズボンのポケットから敷島の空袋を発見したこと、ホワイトシャツの袖口にインキが付着していたことなどを語った。カフスに付いていたインキの汚点と指輪の件を除いては、悉《ことごと》く探偵の新しい材料であった。

## 三

探偵は言葉を続けた。

『金井さんは金曜日の日付で一万円の小切手を書いておられるのです。シャツの袖についているインキの汚点は、その折に付いたものでしょう。銀行を調査すると同日印度《インド》人とも西班牙人ともつかぬ紳士体の男がきて、小切手を現金に換えていったということが判明《わか》りました。無論偽名でしょうが、オオハラと裏書がしてあります。お心当りはありませんか。』

田鶴子の脳裡にそのときチラと背の高いロレンゾの姿が浮んだ。

『大原? 聞いたことのない名前です。けれども叔父には私共の知らないお友達が沢山あったようです。』

『何卒、私共には絶対に物事を隠さないでください。小切手を受取ったからといって、その人間が必ずしも悪人とは限りませんからね。』

田鶴子は意味あり気なその言葉をきくと、何とはなしに隠し持っていた電報を手の中に握りしめた。

『手紙にしろ、電報にしろ、この事件に関連していると思われるようなものは、総て拝見させて頂きたいものです。なまじ隠し立をすると、事件が混乱して罪のない人まで嫌疑者にせねばならぬことになるものです。』

田鶴子は何も彼も見透しているような探偵の口吻《こうふん》に揉苦茶《もみくちゃ》になった電報を思い切って探偵の前へ差出した。

『ロレンゾ……よくお宅へ見える青年ですね。』

彼は電文と田鶴子の顔を等分に眺めながら呟いた。田鶴子は何者かが為にすることがあって、そのような電報を寄越したのであろうと、言葉を尽してロレンゾを弁護した。然しロレンゾからかかってきた電話に就いては堅く口を閉じていた。探偵は何故かロレンゾの話を軽く打ち切って二、三の訊問をした後、辞し去った。

心待ちにしていたロレンゾは終に姿を見せなかった。田鶴子は裏切られたような心持で睡《ねむ》られぬ一夜を明《あか》した。上海にいる筈の門野という田鶴子の従兄が、次の日飄然《ひょうぜん》と涙に打湿った金井家を訪れた。田鶴子は日頃から門野を快く思っていなかったが、一方にはこのような場合、力にするのは矢張り親身のものより他はないということを沁々《しみじみ》と感じた。門野は如何にも沈着な船員らしい態度で、何彼《なにか》と甲斐々々しく世話を焼いた。門野は始終の話をきき、今更のように驚嘆した様子であった。

彼の話によれば、幽霊屋敷の持主のスタルトという伊太利人は、十年前に行方不明になっているということであった。二人の娘達は、スタルトという姓がロレンゾと同じであるのに驚異の目を瞬《みは》った。その夜から門野は金井家に止まって、頼りない娘達の後見をすることとなり、葬式万端の後始末をすることとなった。

カムデンタウン街のごみごみした町中に、金文字の剥《は》げかかった大看板を掲げた伊太利軒という料理店がある。伊太利人の経営で、二階三階は、東洋人や伊太利の労働者を常顧《じょうとく》客《い》とする安下宿になっていた。

幽霊屋敷で金井老人が死骸となって発見された翌朝の八時であった。食堂は既に開かれ、数人の客がそれぞれ卓子《テーブル》に就いていた。ソンと呼ばれている美少年の給仕は忙しげに帳場と卓子の間を往復している。最前から表通りに向った窓下の卓子で食事を摂っている風采の賤《いや》しからぬ支那人があった。浅黄繻子《あさぎしゅす》の支那服を着て、半白《はんぱく》の頭髪の上に黒い小さな帽子を被っていた。彼は長い指をあげてソンに合図をした、ソンは頷ずいて支那人の傍へいった。二人は前々からの知合と見えて、親しげに顔を寄せながら小声でヒソヒソと話しあった。

『ソン、どうしたい。元気のない顔をしているな。何か屈託でもあるのか。時にお前の親友は相変らず三階に燻《くすぶ》っているかね。どうも画家なんていうものは煮切れねえもんだな。』

『余計なお世話だ。それより君は少時《しばらく》見えなかったが、甘いことでもあって飛廻っていたか、それとも暗いところへでも入って休養してきたのかね。』ソンは美しい頬に皮肉な微笑を浮べて揶揄《からか》うようにいった。

『フン、誰がそんなドジを踏むものか。今に見な、いい加減に足を洗って、郊外にでも家を買って住もうっていうのさ。』

『それがいい、危い世渡りをしている奴の気が知れないよ。いくら齷齪《あくせく》しても短い生命じゃァないか、金などがあったって、なくったって同じことだ。気苦労するだけが損だよ。』

ソンは支那人の差出した巻煙草入から煙草を一本抜取って、器用にマッチを摺《す》った。

『お前も煙草が吸えるようになったかい…ところで馴染甲斐に話してやるが、お前は昨夜の事件を知っているかね。あと一時間も経って見ろ、可哀相にお前の親友のロレンゾは手錠をはめられて警察へ引張られるのだぜ。お前どうする積りだ、俺には何の損得もねえが、逃がすなら今の中《うち》だ。』

支那人は銀貨をおいて立ちかかろうとすると、ソンは周章《あわ》てて押止めた。それから二人は何事か囁《ささや》き合っていたが、間もなく支那人は幾度も頷きながら店を立去った。引違いにロレンゾが階段を下りてきた、ソンはそれを見ると傍へ馳寄って、呆気に取られているロレンゾの腕をとって、地下室へ通ずる真暗な裏梯子の方へ引ぱっていった。

『何にも訊かないで僕のいう通りにして呉れ給え、抜け道を通って橋の傍へ出ると自動車が待っているから、それへ乗って一刻も早く逃げないと大変だ。』ソンは壁の隅にある釦《ボタン》を押した。

と思うと、傍の壁がゆらゆらと音も立てずに廻転して、壁と壁の間に人間の潜れるような正方形の穴が出来た。ソンはロレンゾを突出すようにして元通りに重い壁を鎖《とざ》してしまった。そこは奈落の底のように暗く、蒸れ臭い空気が鼻を衝いた。ロレンゾは夢中で手探りをしながら幾つか石段を下りた。更に狭い路を這《は》うようにして進んで行くと、曲り角で急に目の前が明るくなった。そこは便所の裏手で窓の中に灯された電灯が闇に一すじの光を投げていた。ロレンゾは便所の横手を廻って、床を張った廊下へ出た。突あたると両側の棚に煙草の箱が並んだ商店の店先へ出てしまった。ロレンゾはキョトンとして四辺を見廻した。帳場の蔭で銭勘定をしていた老爺《おやじ》は、ヒョイと顔をあげて、ロレンゾを見たが、素知らぬ様子で再び下を向いて頻《しき》りと紙幣を数え続けた。それは紛れもなく伊太利軒の主人であった。

ロレンゾは老爺の横顔をチラと見て、どうして彼がこのようなところに、主人顔をして座っているのかと不思議に思ったが、相手が気付かぬらしいのを幸い、金庫の後を抜けて辷《すべ》る様に戸外へ出た。暗闇に慣れた彼の目は、烈しい朝の日光に打たれて眩暈《めまい》を感じた。彼は思わず足を止めて額を押えた。指の間から向側を見ると、橋の近くに黒い大きな箱型の自動車が停っていた。ロレンゾはソンの言葉を思い出して往来を横切った。すると浅黄色の服を着た男が窓から顔を出して手招きをした。ロレンゾが車の傍へ近づくと、その見知らぬ男は彼を引摺込《ひきずりこ》むようにして車内へ入れ、扉を閉じた。同時に自動車は非常な速力で疾走《はし》り出した。ロレンゾは烈しく動悸のする胸を押えた。暫時は何事も考える余地はなかった。傍には人が乗っている。窓には厚いカーテンが垂れていたので、どこを疾走っているのか見当がつかない。

ロレンゾは我に返ると傍の支那人をまじまじと視詰《みつ》めながら、

『一体どこへゆくのです。』と訊ねた。

『安全なところまでさ。』

『僕はよく君の言葉が了解《のみこ》めない。僕がホテルにいることが、どうして危険なのだろう。』

支那人は冷笑するようにチラとロレンゾの顔を見たばかりでそれには答えなかった。

『僕はソンに急立てられて何が何やら薩張《さっぱ》りわからず、こうした不思議な自動車へ乗ってしまったが、僕は重大な用件があって、一刻も早くある家を訪問せねばならないのです。』

『金井さんの家へかね。今頃うっかりいって見給え。張ってある網へわざわざ飛込むようなものだ。』支那人は外方を向いて、ロレンゾの言葉を取合わない。

『君は僕が金井さんを殺したとでも思っているのか。』

『俺には何事も隠す必要はない。』ロレンゾはムッとした様子で何事か言おうとしたらしかったが、思返したように口を噤《つぐ》んだ。

そしてポケットから取出したハンケチで、玉のような額の汗を拭こうとした拍子にハンケチの間から指輪がころころと床へ転げ落ちた。ハッと思う間に素早く支那人は指輪を拾い上げた。

『こりゃ豪気だ。流石《さすが》に親の血を享《う》けているわい。死人には必要のねえものだ。これさえあれば〆《しめ》たものだ。この指輪はＬＬ団の頭目の標示だ。先ず王冠ってところだな。俺達仲間の旅行免状のようなものか。』

ロレンゾはその指輪を見ると急に顔色を変えて、

『君は一体僕の味方か、それとも敵か。』

『冗談いっちゃァ困る。俺はソンに頼まれてお前を逃がそうというんだぜ。俺はお前の親父さんをよく知っていたぜ。お前を逃がそうとしたのもそんな訳があるからよ。』

『君は僕の父を知っているのか。』

『知っているどころじゃァない。お前の親父さんとは一つ仕事をやっていた間柄なんだ。ところが或るとき仲間中で間違いが起ってな。』

『僕の父はその時誰かに殺されたのですか。』ロレンゾは気忙《きぜわ》しく問いかけた。

『何、そんな訳じゃあない。お前の親父はそのときから気が狂って家を飛出したなり、今に行方が分らねえ。大方どこかの旅の空でノタレ死でもしたことだろう。もうそれから十年にもなるからなァ。』と支那人は無表情な顔付でいった。

二人を乗せた自動車はどこをどう通ったか、正午過ぎに寂しい田舎道へ出た。自動車の屋根が両側の木立の枝に触合《ふれあ》うような狭い道を曲って、自動車はとある荒れ果てた家の前に駐《とま》った。身軽に車を飛び下りた支那人は、まごまごしているロレンゾの手をとるようにして家の中へ請じ入れた。塵埃っぽい二階の階段を上って、廊下の突あたりの扉を開けると、狭い急な梯子段を昇り切ったところに十坪ほどの部屋がある。

『これがお前の巣だぜ。当分じっとしているうちにはほとぼりが冷めるよ。』

『待って呉れ給え。僕はこんなにまでして警察を恐れる必要はないんだ。死んだ親父の罪を明みに出すことが忍び難いので、警察の取調べを避ける気になったのです。さァ退《ど》いて呉れ。』ロレンゾが戸口へ歩きかけると、支那人は飛鳥のような速さで廊下へ躍り出るなり、素早く外から錠を下してしまった。

『開けろ開けろ。』ロレンゾは力任せに扉を叩いた。

『まァ悠《ゆっく》りするがいい。そのうちには落着いた考えが出るだろう。』支那人は、梯子を外してどこかへ行ってしまった。

部屋は地上から四十尺もある塔の一室で、粗末な寝台が据えてあった。ロレンゾは日の暮れるまで、精《せい》限り、根《こん》限り必死の思いで力を尽したが、どうしても高い塔の一室から遁《のが》れることができなかった。彼は疲れきって、寝台の上に仆《たお》れて、いつかうとうとと睡りにおちた。

## 四

奇怪な郊外の一軒家にロレンゾが監禁された翌朝のことであった。大倫敦は前日と同じ様に穏かな薄霧の裡に明けた。遠方の勤務先へ通う人々や、労働者は、もうチラホラと停車場へ急いでいた。それでもV停車場の構内はまだ数えるほどの人影しかなかった。酒場の横手から石段を下りると、地下鉄道のプラットホームである。最前から待合室のベンチに腰を下して新聞に読み耽っているのは田鶴子の従兄の門野であった。壁に懸った時計の針が八時を指したとき、門野は巻煙草に火を点けて立ち上った。同時に電車が入ってきた。するると、群集に交って東洋人らしい男が、最後車から下りてきた。彼は門野を見て突如傍へ寄っていった。男は紛れもなく前日の怪支那人である。

支那人はポケットから揉苦茶になった巻煙草を取出して、門野の煙草から火を借りた。そして表情の鈍い顔を寄せて何やら二言三言いった上、影のように急勾配の石段を駆け上って改札口を出ていった。門野はそのまま電車に乗ってS駅で下車すると、同じ道路を通って金井家へ戻った。

彼は毎朝、食事前に散歩する癖があった。丁度朝食の支度ができたところである。食事を済ますと静子は誰よりも早く二階の居間へ上って荷物の整理にかかった。すぐ後からついていった門野は、

『どうです決心はつきましたか、私は一日も早くこの家の始末をつけて日本へ帰るがいいと思いますよ。それに怪しい奴がこの家を狙っているようですから油断がなりません。』と声を潜めていった。田鶴子は伯父を殺した犯人が、その筋の手に検挙されるまでは、断じて日本へ引き上げたくないと堅く自説を主張した。

興奮しきっている田鶴子を見ると、門野は強いて逆いもせず、

『伯父さんのことですもの、あなたとしても私としても、一応は左様考えるのも道理ですが、こうしていつまで待って犯人が出ることやら、まるで雲を摑むようなものですからね。先々のことを考えますと、あなたや静子さんの身の上が心配になりますよ。』としんみりとした様子でいった。門野は更に言葉を続けて自分の知人でこの家を買い取りたいという紳士が間もなく来る筈だといった。伯父が亡くなってまだ幾日にもならないのに、斯うした手段を執る門野の遣口を、田鶴子は少からず不快に思ったので、その侭《まま》フイと裏庭の芝生へ出て了った。

『私達は二人とも身寄の少い間柄ですからお互に力になりたいと思いますよ。』田鶴子の後について芝生の上に立った門野は思い余ったようにいった。

田鶴子は最初久し振りで従兄の門野に会ったときから、早晩相手が斯うした問題に触れてくることを予期していたが、門野の野獣のように潤んだ眼を見ると、急にある恐怖を覚えてきた。彼女は当惑気に眼を外して高い二階の窓を仰いだ。折よく窓から顔を出した静子は、芝生の上に二人の姿を見付けて、

『今行くわ。』と遠くから声をかけた。

間もなく静子は快活に石段を下りてきた。門野はすぐ気を変えて厭《いや》がる静子を軽々と抱

き上げた。そのとき門野のポケットから辷《すべ》り落ちた手紙を静子は手早く拾い上げた。

『まァ叔父さまはK町にいらっしゃったとおっしゃっていながらパトネエ町に住んでいらっしゃったのねえ。』

『イイエ、夫《そ》れはずっと以前の番地ですよ。』門野は慌て気味でいった。

『でも八月二十五日と消印があるわ。叔父さまは四、五日前に倫敦へ着いたとおっしゃった癖に。』

門野はパトネエ町の住所を便宜上常住番地にしているので、倫敦で受取る手紙類はいつもパトネエの番地になっているとさり気なく答えた。田鶴子は夫れ等の対話に聊《いささ》かの興味をも持たない様子で、芝生の上を歩いていたが、彼女の頭脳は鉄板の上に転がっている水銀玉のように忙しく働いていた。彼女は奇怪な電信の発信局がパトネエ町であったこと、伯父が殺された前夜、パトネエ町の喫茶店にいたこと、そしてまたその同じパトネエ町に門野が住んでいたことを考え合せて、それらの脈絡を通じて結論を作り上げようと焦っていた。そこへ女中がモーニングを着た老紳士を案内してきた。それは先刻門野が前触れをしていたロックという金持の銀行家であった。彼は二人の娘に愛想よく初対面の挨拶をしてから、門野を先に立てて家の中を見て廻った。

芝生に残っている娘達は口にはしなかったが、思い出の多い我家が人手に渡るときのことを思い浮べて、泪《なみだ》ぐましい心持ちになっていた。二人は淋しそうに顔を見合せたが、フイと二階の窓に目を移すと、老紳士と門野は金井老人の寝室になっていた裏部屋の窓際に凭《よ》りかかって、何事か熱心に語り合っているのが見えた、老紳士は予想以上にこの家が気に入ったらしく、取引方法その他に就いては更《あらた》めて門野君まで申し入れるといって辞し去った。

門野は老紳士が帰った後、暫らく娘達と話をしていたが、忘れていた用事を思い出したとかで、慌しく外出した。

軈《やが》てその日も空しく午《ひる》過ぎとなった。田鶴子はもうこの上ロレンゾに会わずにいられなかった。二日三日とロレンゾに会わない日が重なるにつれ、日一日と取返しのつかぬ不幸が彼の上に迫っているのではあるまいかとさえ思った。

そんなことを考えると、居ても立ってもいられなかった。彼女は甲斐々々しく外出の身支度をすると、家人には市へ買物にゆくと称して、町の辻から自動車に乗り、ロレンゾの宿泊《とま》っている伊太利軒へ向った。

田鶴子は旅館の前でバッタリ二人連の男と顔を合せた。その中の一人は前々日金井家へ訪ねてきた警視庁の探偵であった。

『やァお嬢様ですか、どちらへ?』と探偵は声を掛けた。

『ロレンゾ・スタルトはどうしたかと思って訪ねてきたのですの。』

探偵は故意《わざ》と喫驚《びっくり》した様子で、

『ロレンゾですか、あれはもうここには居りますまいよ。』といいながら、仲間の耳に口を寄せて何事か囁いていたが、

『お嬢様、御希望でございましたら、私共と一緒にいらっしゃって御覧なさい。私共は某事件に関連してこれからロレンゾの部屋の捜査にかかるところです。』と付け加えた。

旅館の主人は生憎《あいにく》外出中であった。三人は雇人に導かれてロレンゾの部屋へ入った。そこはリノリウムを敷詰めた十坪程の粗末な部屋で、描きかけの油絵や塵埃《ごみ》に塗《まみ》れた石膏の胸像、素焼の壺類、額縁などが乱雑に取散してあった。部屋の片隅には低い寝台《ベット》と卓子《テーブル》がある。洋服戸棚には刷毛《ブラシ》をかけた新調の背広服がかかって、その傍に新しい中折帽がおいてあった。卓子の抽斗《ひきだし》には銀行の預金帳や英貨五十円ほどの現金があった。それ等の様子から見ると、ロレンゾは準備をして逃走したとはどうしても認められなかった。探偵の一人はトランクの底から発見した書類を拡げて、

『幽霊屋敷の持主というのは、十数年前に死亡したロレンゾの父親ですよ。私の想像通り息子のロレンゾが金井老人の変死事件に関係を持っているという事実は聊かも疑う余地はないです。』と満足らしく低頭《うなず》いた。

彼は更に戸棚の奥から古新聞で密封した小包を引出して小口を解くと、日本政府の贋造紙幣が幾束も現われた。

『幽霊屋敷で発見されたものと同じものですよ。ロレンゾは屡々《しばしば》幽霊屋敷へ出入していたものと見えます。』探偵は真青な顔をして戸口に立っている田鶴子を顧みていった。

そのとき廊下の外に忙《せわ》しげな靴音が聞えたと思うと、部屋の扉がサッと開いた。

『御苦労様です。所用で外出しておったものですから失礼いたしました。手前が伊太利軒の主人でございます。』といって探偵の前に進み出たのは最前銀行家ロックと名乗って金井家を訪問した老紳士であった。

田鶴子は思わぬ場所で自ら旅館の主人と名乗るロックを見出したので、唖然として相手の顔を見詰めるのみであった。先方も田鶴子を見てギョッとしたらしく一寸顔色を変えたが、すぐ冷静な態度にかえって、如何にもしらじらしい挨拶をした。

その様子は田鶴子に一層疑惑を感じたが、故意《わざ》とさり気ない風を装った。けれども鋭い探偵の眼はロックと田鶴子との間に取交された沈黙の火花は見遁さなかった。

田鶴子は探偵に別れを告げて伊太利軒を出た。街の角で少時《しばらく》乗合自動車を待ったが中々来ない。生憎付近にはタクシーさえも見当らなかったので、往来を越えて地下鉄道へ乗ることとした。昇降機で薄暗いプラットホームへ下りると、すぐ電車が来た。田鶴子は片隅の席に腰を下した。フト気がつくと先刻昇降機で一緒になった支那人らしい男が、いつの間にか傍に腰をかけている。軈て電車の停車場へ着いた。田鶴子は北区行の電車へ乗換えるために車を下りると、隣席の支那人も慌てて後を追ってきた。田鶴子が歩調を早めると男もそれにつれて早足になった。

『お嬢様、何卒！』突然男は発音の悪い英語で呼びかけた。

男は丁寧に帽子を脱《と》って、

『お嬢様、私はあなたが伊太利軒から出ていらっしゃったときから後を尾行《つ》けておりました。』といった。

田鶴子は険しい顔をしてじっと相手を視据えた。

『何卒誤解をなさらないでください。私は支那人、あなたは日本人、それからロレンゾも日本人、私達は皆な東洋人だからお友達です。』支那人は用心深い視線を四辺に注ぎながらいった。

『私に何の用があるの？』田鶴子はロレンゾという言葉に奇しく心を引きつけられた。

『ロレンゾは某場所に隠れております。是非あなたにお目にかかってお話したい事があると申しております。警察でロレンゾに殺人の嫌疑をかけているのは、あなたも御承知でしょう。だからロレンゾのためを思うなら、これから私と一緒に来てください。今日ロレンゾに会わないと、もう一生会う機会はないかも知れませんよ。』と男は声を潜めていった。無躾《ぶしつけ》な支那人の言葉に田鶴子は尠《すく》なからず躊躇《ちゅうちょ》したが、『永久に会えぬかも知れぬ』という一句は、強く胸に響いた。彼女は兎に角その支那人を信じて、相手の導くままにロレンゾの隠家を訪ねよう、仮令《たとえ》間違いがあったとて、愛するもののためには何程のことがあろうと思った。決心がつくと彼女は先に立ってV停車場を出た。

二人は街路樹の並ぶ大通りから、静かなH公園へ入った。栗の並木を抜けるとゆるやかに弯曲《カーブ》をした道路へ出た。折々自動車が森の蔭から滑る様に疾走ってきて、瞬く間にまた黒い影を緑の木立の間に没してしまう。二人は無言で芝生の中の径《みち》を歩いた。丁度二人が公園の裏門に差《さし》かかったとき、大理石の柱の蔭に凭《もた》れていた見窄《みすぼ》らしい服装の男が二人を見ると、急に柱を離れて用あり気に傍へ寄ってきた。

## 五

怪しい男は頸《くび》から紐を下げて胸のところに本箱を吊している。そのうちには商品の燐寸《マッチ》や、靴紐が僅かばかり入っていた。男は二人の鼻先へ箱を突きつけて、

『旦那、靴紐を買っておくんなさい。』といった。

支那人は不機嫌に手を振ってサッサと通抜けた。田鶴子はどこかで見掛けた男だと思ったが、どうしても思出せなかった。先に立った支那人は狭い横町を幾曲りもして、とある古びた家の前へ出た。彼はポケットから鍵を出してペンキの剥げかかった重い扉を開けた。廊下は真暗だった。男は窓際の瓦斯《ガス》ランプに火をつけた。覚束《おぼつか》ない光に照らし出された床には絨氈《じゅうたん》も何も敷いてなかった。永く閉切ってあったと見えて黴《かび》臭い臭いがムッと鼻を衝いた。家中は森《しん》として、人のいる気勢もない。

まだ宵の口であったが、付近は無気味なほど静り返っていた。田鶴子はそのとき公園の角で見掛けた靴紐売りは、先刻伊太利軒で一緒になった探偵のひとりであったことに気付いた。探偵が物売りに変装して、殊更近々と自分達の傍へ寄ってきたとき、頤《あご》を掬《しゃく》って合図をするかのような素振をしたのも、今から考え合せれば意味がある。自分は決してひとりではない。探偵が密かに衛《まも》っているに違いない。そう思うと、田鶴子は幾許《いくら》か落着いてきた。

『ロレンゾはこんなところに潜伏《かく》れているのですか。』と田鶴子は詰《なじ》るようにいった。

『どうしてどうしてここからまだ五、六里も離れた遠い田舎にいるのさ。今に自動車が迎いにくる。』支那人は薄笑いをしながら答えた。二人は帰せ、帰さぬの押問答をやってい

るうちに、

『待て！』と背後で鋭い声がした。

喫驚《びっくり》して振り返ると何処に潜んでいたか、十七、八の美しい少年が、右手に拳銃を握ってスックリと階段の前に立っている。支那人は寸時《しばらく》相手の顔を視詰めていたが、

『何だソンの野郎じゃァねえか。冗談はよせよ。俺や驚愕《びっくり》して肝玉を潰してしまった。』

『肝を潰した次手《ついで》に死《くたば》りやがれ。やい、ロレンゾをどこへ隠匿《かく》しやがった。お嬢様早くお逃げない。此奴《こいつ》は悪党ですよ。』少年は拳銃の引金に指をあててジリジリと支那人に詰寄った。

そのとき房々とした黒い頭髪を真中から分けた男が、窓のガラスにピッタリと顔を押付けて家の中を覗いていたが、すぐ顔を引込めてしまった。気がついたのは田鶴子だけであった。突然玄関の扉が開いて最前の靴紐売に変装していた探偵が、制服の警官を従えてヌウと入ってきた。

同時に誰かが灯火を消した。忽ち廊下の闇の中で烈しい格闘が始まった。田鶴子は自分を救いに来てくれた見知らぬ少年の身を案じながらも、周章しく戸外へ走り出た。石段を馳下りて敷石の上に立つと、どこからか影のように現われた男が突如、田鶴子の手をとって、

『こんなところにいては危険《あぶな》い、早く逃げなさい。』といいながら、引摺《ひきず》るようにして走り出した。二人は五分間ほど無言で走り続けたが、倉庫の並んだ暗い片側道へ出ると、男は足を緩めて、

『お嬢さん、あなたはあの黄という支那人と知合かね。』と落着いた物言いで話しかけた。

『イイエ、そんな名前は聞くのも初めてです。』

『お嬢さんは伯父さんの死亡《なくな》られたことに就いて不審はありませんか?』

『誰か仲間のものに殺されたものと思って居ります。』

『支那人の黄はあなたの伯父さんの仲間だったのさ。』

『何ですって、あなたは伯父さんがあの支那人の仲間だとおっしゃるのですか。一体あなたは何方です。』田鶴子は怪しむようにいった。

『これは失礼、私は警視庁の刑事ですよ。金井さんの変死事件に就いては最初からある疑惑を抱いていたのです。御覧なさい、奇怪な謎を解く為に、私はこの通り変装までしておりますよ。』男はそういいながら被っていた仮髪《かつら》を脱いだ。夜目にも銀髪がハラハラと額《ひたい》際《ぎわ》に乱れた。田鶴子は額に深い皺の刻まれた老人の顔をおずおずと見守った。細い径を抜けて公園を横切ると、案外造作なく停車場の傍へ出た。そこから二つ目の駅が田鶴子の住むS町である。

『あなたは先刻窓から覗いていましたね。支那人といい、あの少年といい、どっちが私共の敵だか、私は薩張《さっぱ》り解りませんの。あれ達は、悉皆《みな》伊太利軒の主人の廻し者でしょうか。』

『さァ、私には何ともいえませんよ。だがあなたはどうしてあんなところにいたのかね。』

『私はロレンゾに会うためにいったのです。』

『叱《しっ》！』刑事は唇に手をあてて、

『静かに言うがいいよ。その男は警察のお尋ね者だ……それからどうしたね。』

『市《まち》から距《はな》れた田舎に潜伏《かく》れていると先刻の支那人が言いましたわ。』

そのとき二人の後方から靴音をたてて足早に歩いてくるものがあった。刑事と称する男はひどく狼狽《うろた》えた様子で、

『明日一時から二時の間に動物園前の広い道を歩いていてください。機会を作ってお目にかかって是非申上げたいことがある。』と早口に囁いたかと思うと、スイと身をかわして人通りの稀な寂しい町筋を小走りに走っていった。ふと田鶴子の胸に浮んだのは、伯父の死骸が発見された夜、坂下のS町を猿のように疾走っていった、老人の後姿であった。

あの晩坂下のS町を警官に追われて疾走っていったのは、幽霊屋敷から飛出してきた奇怪な老人である。その後老人の逮捕されたという事実を聞かないから、巧妙にその官憲の

目を晦《くら》まして倫敦のどこかに潜伏しているに違いない。或は今の刑事と自称する男がその怪老人ではなかったろうか。そういえば背恰好も、後姿も、どうやら同じように思われてきた。斯うした疑惑を感じたのは殆ど瞬間の出来事であった。田鶴子は密かに怪老人の後をつけて、行先を突止める気で二足三足歩きかけると、背後から来た男が笑いながら軽く田鶴子の肩を叩き、

『そんなことをなさらなくとも宜しい。あの男の隠匿所《かくれが》は分っています。袋の鼠同様ですから必要に応じて何時でも取押えることができるのですよ。それより早く家へ帰って家族の人達に注目していて、怪しいと思った事はそっと警官に報告して下さい。』と言った。

田鶴子は僅か半日の冒険に、重ね重ね思わぬ出来事に逢着《ぶっつ》かり、唯々《ただ》驚異の眼を瞠《みは》るのみであった。男は金井老人の死後、屡々《しばしば》S町の家を訪ねてきた正銘の刑事であった。

『あなたは毎日坂下の花屋から、切花を買うことにしてください。尤も買いに出るのは女中か料理人が宜しい。何か通信のあるときに黄色い水仙の花を買い、引かえに紙片を遺しておくがいいです。』といった。田鶴子は承知の旨を答えて急いで帰途についた。

静かな山の手の屋敷町は人通りも稀で、深くカーテンを下した通りがかりの家から折々たどたどしいピアノの音などが聞えるばかりであった。暗い空を劃《かく》して聳《そび》え立った家並の間に、たった一つ金井家の窓から、白っぽい一條の光線が夢のように敷石の上に流れてい

た。田鶴子が玄関の扉をあけて廊下へ入ると、目を泣腫《なきはら》した女中がいきなり田鶴子の腕に縋《すが》りついた。

『大変です。お嬢様がまだお帰りにならないのです。屹度《きっと》誘拐されたに違いありません。』と女中はオロオロしながら訴えた。

その語るところによれば、その日の午後、田鶴子が外出すると間もなく、三階の勉強部屋にいた静子が階段の下で顔を合せた女中に、手紙を出してくるといって元気よく戸外へ馳出していった。静子は封筒の表書を見られまいとしていたが、それがロレンゾに宛てたものであることは、後刻勉強部屋を掃除にいった女中が桃色の吸取紙に写っている文字によって知ったといわれている。その時女中は何気なく窓から首を出すと、静子はポストの前あたりで学校の遊び仲間と巫山戯《ふざけ》ていた。それっきり一時間もして未だ戻って来ないので、大方友達と連立って坂下の書籍店へでもいったことと思っていたが、念のために行って見ると、三十分も前に帰ったということである。

店員の話に、静子が店を出てから続けざまに客があって忙しかったので、大して気にも留めなかったけれども、何かの折にフト戸外を見ると、乗合自動車の停留所前で静子はついぞ見掛けたことのない男と並んで熱心に話をしていたようであった。男は店を背にして後向になっていたので、顔はハッキリ分らないということである。

女中は狂気のようになって心当りを尋ね廻った。ポストの前で静子と巫山戯ていた友達の家へ、第一番に馳つけたことはいうまでもなかった。勉強部屋の机の上に静子の小さな蟇口《がまぐち》が投出されてあったところを見ると、電車賃も持って出なかったから、ひとりでどこへもゆきようがなかった。そうなると第一に怪しいのは書籍店の店員が見掛けたという敷石の上に立っていた男である。或は出先から戻ってきた田鶴子に途中で出会って、一緒にどこかへ行ったかも知れぬ。

そうした想像が留守をあずかる一同の一縷《いちる》の望みであったが、一人で田鶴子が戻ってきたので凶《わる》い予測が事実となった訳であった。

『とんだことになりましたね。兎に角もう一度探しに行って見ましょう。』最前から落着かない様子で田鶴子と女中の会話を聞いていた門野は、そのとき初めて口を開いた。そこへ料理人が周章しく入ってきて、

『こんな手紙が玄関にまいって居りました。』と一通の封書を差出した。

田鶴子はタイプライターで表書をした封筒を眺めながら、

『オヤ切手が貼ってないね。誰か使《つかい》が持ってきたのかい。』と怪訝《けげん》らしく訊いた。

『イイエ、田鶴子様、今しがた誰かが扉の隙間からでも投込でいったのでしょう。最前玄関の電灯を点けにいったときには、こんなものはありませんでした。』

田鶴子は封を押切って最初の一行を読むとサッと顔色を変えて、

『大変です。矢張り静子は黒手組に誘拐されたのです。』

署名の代りに恐ろしい髑髏《しゃれこうべ》と、ナイフを描いた脅迫状には、同じくタイプライターで、
我等は静子の購身金《みのしろきん》として金二千円を要求す。明日午後三時より四時迄の間に、動物園前の大通りを北へ一丁ゆきたるところの第三の腰掛に右の金子を置去るべし、然る後動物園の南入口に赴かば、静子を見出すならん。この件を警察に訴うることは徒《いたずら》に静子の生命を滅すものと知るべし。尚お黒手組は汝等に二週間の猶予を与えて退京を命ず。この使命に背くときは汝等の上に危害の及ぶことを覚悟せよ。

と認《したた》めてある。そのとき電光の如く田鶴子の脳裡に閃《ひらめ》いたのは、時間こそ違え、脅迫状に指定された場所と、先刻の怪しい老人の会見を申出た場所とが、不思議にも同じ動物園前の大通りであることであった。

## 六

黒手組の指定した場所と、怪老人の会見を約した場所が同一であることは、抑《そもそ》も何を意

味するものであろう。何ものが黒手組の名を藉《か》りて静子を誘拐したかしらぬが、こうなれば親切めかしいことを言った先刻の老人も、一つ穴の悪漢ではないかとさえ思われてきた。田鶴子は最早《もはや》一刻も猶予する場合でないと意を決して席を立ちかけると、

『まあお待ちなさい。あなたは警察の力を借りる積りでしょうが、軽卒なことをすると飛んでもないことになります。』

と門野は黒手組の如何に組織的で且惨忍《ざんにん》であるかをこまごま実例を挙げて説いた。

『それにしてもお金のことは中村さんに委《まか》せてありますから、すぐ来て頂くように電話をかけてください。』田鶴子は言葉を残して三階の寝室へ上っていった。

間もなく食堂へ下りてきた田鶴子は、まごまごしている女中に、

『お客間の花を何故取換えておかなかったの？　萎《しお》れた花はさっさと棄てて、すぐ坂下の花屋から黄色い水仙を買っておいで。』と何時になく口小言をいいながら銀貨と一緒に小さく折畳んだ紙片を女中の手に渡した。

女中が黄色い花束をもって戻って来ると同時に、中村を乗せた自動車が玄関へ着いた。出迎いに立った田鶴子と門野は中村を客間に請じ入れて、静子が行方不明になった前後の模様を語った。

中村は多年海外に居住していた経験から、黒手組の兇暴《きょうぼう》な遣口《やりくち》を充分認めていた。二千

円の金は僅少ではないが、大切な静子の身に万一の事があっては、金銭の額は問題でない。熟議の結果、明朝中村が所要の二千円を調達してくることになった。その間も門野は幾度も時計を出して見て落着かない様子であった。

　そのうちに電話の鈴がけたたましく鳴った。廊下へ走り出て電話室へ入った女中は、時《しば》少《らく》高声で、何事か応答をしていたが、周章しく客間へ入ってきた。門野は、つと立って、

『電話かね。』といいながら歩きかけた。

　ところが電話は意外にもH公園の傍の病院から田鶴子の許へかかってきたのである。

『電話口にお出になったのは警察の方だそうでございます。何でも伊太利軒のソンという方が、お怪我をなすって危篤だとかいうことです。それで是非田鶴子様にお目にかかって申遺したいことがあるから、すぐ病院へ来て頂きたいとおっしゃるのです。』女中の言葉に田鶴子と中村は思わず顔を見合せた。顔色を変えたのは田鶴子ばかりではなかった。門野は急に椅子を離れて、

『病院から電話とは不思議ですね。これも黒手組の計略かも知れませんよ。兎に角私は様子を探って来ましょう。』といった。

『今度は私を誘拐しようとでもいうのですか。一層そうなれば却って静子に会う機会ができるというものです。門野さん、あなたは留守番をしていてください。私は中村様と御一

緒に病院へいって見ます。』田鶴子は皮肉な微笑を浮べながら立上った。

夜風に吹洗われた様な大空に、冷い星が忙しげに瞬いていた。街灯の光を遠く離れた暗い家屋の蔭に、折々真黒な人影が動いていた。田鶴子はすっかり落着いていて、却てこうした行動に、一方ならぬ危惧を抱いているらしい中村を、引立てるようにして坂を下りていった。

田鶴子は中村を花屋の角に待たせておいて、病院に収容されているソンのために黄色い水仙の花を買った、そのとき売子の掌にそっと紙片を残していったのはいうまでもなかった。紙片は売子の手を経て、探偵へ渡される通信である。

二人は通りがかりのタクシーを呼止めてS病院へ馳付けた。石段を上ると厳《いかめ》しい制服姿の警官と、平服を着《つ》けた中年の紳士が入口のところに立って、二人の到着を待っていた。

『御苦労様です。御存知でしょう、先刻エヂワ街の支那人の棲家《すみか》へ、あなたを救けるために飛込できたソンという伊太利軒の給仕が、過《あやま》って拳銃で撃たれて瀕死《ひんし》の状態に陥っているのです。自分でも既に覚悟していると見えて、生前是非ともあなたにお目にかかってお詫を申上げたいとこんなに申しております。』

『お詫とは意外です。寧《むし》ろ私の方からお礼を申上げたいくらいです。』田鶴子は腑に落ちぬらしくいった。

『イヤ、訳を聞けば至極道理ですよ。ソンというのは少年ではなくて、実はソニアという少女なのです。足掛け八年の間、すっかり男になり済して、伊太利軒に働いていたのです。』

紳士は言葉を続けた。

『ソニアが女性であることに気付いていたのは、黄という支那人だけでした。そんな訳で、黄には弱味を握られておったようです。ソニアは下宿人のロレンゾに人知れず恋をしていました。それであなたに対する嫉妬から、黄と喋合《しめしあわ》せてロレンゾを隠匿《かく》したり、伊太利軒の主人の手先となって静子さんを誘拐した共犯者になったのです。』

『静子の行方は判りましたか。』中村は歓喜の眉を開いて訊ねた。

田鶴子は、ソンが女性であったと聞いて驚異の眼を瞠《みは》ったが、その女が自分の恋の競争者であったと知ると、何かしら恐しさに身の中が顫《ふる》えてきた。

『静子さんがどこにおられるか確答はできませんが、ソニアと黄との告白に基いて警官を四方に派しておきました。もう戻ってくる時刻です。』

紳士は有名な警視庁の所謂《いわゆる》四頭目の一人、セージ探偵であった。

『ソニアは既に三期の肺結核に侵されていて、叶わぬ恋を承知していながら、あなたとロレンゾの仲を割こうとしていたのです。あなたが黄のためにエヂワ街の怪しい家へ連込まれたのを見ると、あなたがロレンゾの潜伏している郊外の家へ監禁されるのではないかと思って、嫉妬の余り、黄の計画を裏切ったのですよ。そこへ靴紐売に変装してあなた方に尾行させておいた刑事が手入れをやったのです。その折り闇中の乱闘にソニアは頭部に貫通銃創を受けて倒れたのです。黄はその場で逮捕しました。刑事は虫の息になっているソニアを引担いで直に病院へ収容した次第です。』

セージ氏は簡単に事件の成行を語りながら、廊下を幾曲りもして、とある扉の前に立った。四坪程の部屋の片隅には鉄製の粗末な寝台が据えてある。ソニアは痛ましく血痕の滲《し》み出た繃帯《ほうたい》を前額に巻付けたままじっと目を瞑《つぶ》っていた。

田鶴子は痛々しい光景に思わず目を反した。繊弱《かよわ》い女性の身が八年の永い歳月男共の間に交って、馴れぬ業を執っていた事さえ、涙なしには考えられないのに、況《ま》して不治の肺患に青春の希望を悉《ことごと》く失った若いソニアの運命を目のあたりに見ると、眼の中が急に熱くなってきた。ソニアはフト目を開いて、

『お嬢様ですか。どうぞお許しなすってください。ソニアはこんな浅猿《あさま》しい男の服装をしておりますが、真実は女なのです。そして身の程も知らぬロレンゾ様をお慕い申しておりました。それ故どうかしてお二人の仲を割こうと存じまして、わざと心にもない事を致したのでございます。考えて見れば私ほど儚《はか》ない運命をもって生れてきたものはありません。

両親とは幼いときに死別《しにわか》れまして、私共二人の兄妹だけが、この世にポツリと置いてゆかれたのでございます。』

『私共は間もなく叔母の家に引取られましたが、そこでも薄倖《ふしあわせ》が続きました。十五になる兄と十一になった私は、或る晩喋合《しめしあわ》せて伯母の家を抜出したのでございます。其晩は公園のベンチに夜を明しまして、霙《みぞれ》の降る寒い冬の朝、お腹を空《すか》してイタリー軒へ飛込み、そこで使走りの小僧として雇われる事になりました。兄は女の子より、男の子の方が容易《たやす》く職を得られるという考えから私に男装をさせたのでした。その後八年間私は男子として伊太利軒に働いておりました。この秘密を知っているのは兄の友達であった支那人の黄だけです。兄は欧州戦争に出征して仏蘭西《フランス》国境で戦死してしまったのです。夢のような儚ない恋に魂を奪れていた私は、黄の手に使われているとは知らず、ロレンゾ様やあなたに対して済ないことをいたしました。私がこんな最期を遂げるようになったのも、考えれば自分の招いた運命なのです。』

ソニアは折々絶入るように咳込みながら言葉を続けた。

『黄も捕まりましたから、ロレンゾ様の行方もじき判るでしょう。ロレンゾ様は決して暗いことをなさるような方ではありません。どうぞあなたのお力で身のあかしを立ててあげてください。これだけ申し上げれば私はもう心残りはございません。ただあなたがロレンゾ様にお会になりました節、ソニアはあなた方お二人の幸福を祈りながら、安らかに永眠したということをお伝えくださいませ。』

ソニアは語り終ると力なく目を閉じて烈しく咳入った。田鶴子にとってソニアは恋仇であったかも知れない。然し田鶴子は死にゆくソニアに対して、聊《いささ》かの怨恨《えんこん》をもつことはできなかった。彼女は恋をするものの心を知っていた。彼女は刻々に冷くなってゆくソニアの手を堅く握りしめて、天に帰りゆく小さな霊魂《たましい》のために優しく祈祷《きとう》を捧げた。

# 七

ソニアの容態は急に変った。医者は、

『いよいよ最期が来ました。』と厳《おごそ》かに言った。

ソニアの顔からは生前の暗い影が跡形もなく消えて、まだ褪《あ》せきらぬ紅い唇には安らかな微笑が浮んでいたように見えた。人々は言い合せたように帽子をとって黙々と病室を出て去った。一同が首を垂れてしめやかに廊下を歩いてゆくと、前方から来た男が、慌しくセージ氏の傍に馳寄って何事か囁《ささや》いた。田鶴子が病院の石段を下りて待たせてあったタク

シーへ乗ろうとすると、セージ氏は、

『ロレンゾ君の潜伏している場所は、黄の自白によって判りましたが、残念ながら、一足違いでまた見失ってしまいました。然しこの事件もどうやら明瞭になってきましたよ。私共のロレンゾ君に対する疑惑は大分薄らいで来ております。』といった。

『ソニアの臨終の言葉によりましても、私一個人としては、最初から犯人をロレンゾ君とは信じておりません。唯何故に行方を晦《くら》ましているかということが疑問になっておるのです。そんな訳ですから、若しロレンゾ君の消息があったら、直ぐ私共の耳へ入れてください。』と言った。

自動車が病院を出て公園を斜《ななめ》に抜け、教会の横を曲ってS町の坂を上ってゆくと、十数人の男女が金井家の門前にひしめきあって、家の中を覗き込んでいた。玄関の扉の前に立はだかった警官は、大きな掌をふって頻《しき》りに群集を制していた。その傍で警官と力を合せていた見知越の刑事は、二人の乗った自動車を見付けると群集の間を潜《くぐ》って傍へ寄って来た。

『素晴らしい事件が突発しました。あなた方がお出掛けになると間もなく、お宅の前で人殺しがあったのです。』と言った。

田鶴子と中村は、呆然として相手の顔を見詰めた。

『イヤもう大変なことです。あなたが花屋へ遺して行ったノートを見るなり、私はすぐ引返して、丁度筋向うの露路《ろじ》のところまで来ますと、お宅の台所口から忍び出てくる怪しい男がありました。私は誰何《すいか》する積りで一足前へ踏出したとき、門の際の植込の中から、もう一人男が飛出しました。そして二言三言激しく言合ったが、後から飛出した男が矢庭に相手に躍り掛りました。それと同時に、最初の男は悲鳴をあげて敷石の上に倒れ、続いてもう一人の男も折重なってその上に倒れたのです。それは実に瞬間の出来事で、一人は心臓に鋭利なナイフを突刺されて絶命しており、加害者もその場に気絶していたのです。』

『家から出てきたのは何者です。』中村は震えながら訊ねた。

『先頃から金井さんのお宅に見えている門野という方で、加害者は私共が、いつも見張っている老人でした。』

『まさかこんな大事件を為出《しで》かすとは思わなかったので、囮《おとり》のつもりで放しておいたのです。死体は一先ずお宅へ運び込んでおきました。今署から係官と警察医が来て、客間で仮予審を開いております。』

刑事はそう言って群集を掻分けながら、先に立って二人を家の中へ導いた。ホールの一隅には料理人と女中が真青な顔をしてガタガタ慄えていた。刑事は田鶴子と中村の二人を扉の前に待たせておいて客間へ入ったが、細目にあけた扉の間からすぐ顔を出して、

『どうぞ静かにお入りなさい。』と言った。

客間の壁に沿うた長椅子の上に、外套《がいとう》を纏《まと》うた門野が、恐ろしい形相をして四肢《しし》を踏延したまま、ゴロリと横になっている。掻拡げたホワイトシャツの胸が、赤く鮮血に染まっていた。田鶴子は恐しい光景に眼を外らすと、三人の屈強な男に取巻かれて、銀髪を振乱した老人がグッタリと椅子に凭《もた》れているの見た。

『あっ、あなたは先刻の方ですね。』

田鶴子は思わず声をあげた。老人は声のする方を振向いて、田鶴子と顔を見合せたが何の気もつかぬらしく、再び頭をガクリと垂れて、唸《うめ》くようにブツブツと係官の訊問に答えていた。田鶴子は傍に立っていた先刻の刑事に向って、

『あれです。幽霊屋敷から飛出してきたのは、慥《たしか》にあの老人です。』というと、刑事は軽く頷きながら、

『その筈ですよ。あれは十二年前に行方不明になった、ロレンゾ君の父親ですもの。お驚きになったようですな。いやそれよりも吃驚《びっくり》なされると思うのは、金井さんを殺した真犯人はここに倒れている門野氏らしいという事実です。』と言った。

『まあ、それは真実ですか。やはりロレンゾは犯人ではなかったのですか。でも犯人が門野だということがどうして判りました。』田鶴子は忙《せわ》しく聞き返した。

『イヤ、まだ門野氏が犯人であるという的確な証拠を握った訳ではありませんが、老人は先刻から頻りに復讐をしたといっておるのですよ。門野氏がこの家へ来られる前、どこにいて、何をしていたかという事を、極力調査中ですから、今明日のうちに新事実が発見されるでしょう。』

『そういえば先刻あの老人は逝った伯父の古い友達だとか申していました。そしてロレンゾは？』

『今頃は大方警察でセージ氏の取調を受けている事と思いますよ。この老爺さんはドルスヒルの隠家からロレンゾを連出して、E町の旅館へ隠してあるというので、先刻署の方へ電話をかけておいたのです。』

『ロレンゾ君さえ出てくれれば、凡てが明瞭になるに違いない。だが金井君の死体が発見された前の晩、パトネエ町の珈琲店で見掛けた怪しい伊太利人も、この事件の有力な関係者と思われる。』とそのとき中村は突然言葉を挟んだ。

『その男なら伊太利軒のコックですよ。あすこは地下室に大仕掛な抜け道をこしらえてある阿片窟《あへんくつ》です。奴は巧妙にその逃げ道から遁《に》げ去ってしまいましたよ。』と刑事は残念らしく云った。

係官の一人は、田鶴子と中村に二、三の質問をした上、懇切に死体埋葬の手続き等一切を教えてから、一行が引揚げようとするところへ、警察から電話がかかってきた。それによるとロレンゾはE町の旅館にも姿を見せないということであった。それを聞くと一旦霽《は》れかかったロレンゾに対する疑惑が、田鶴子の胸にまたしても黒い陰影を描出すのであった。

苦しい一夜を殆どまんじりともせずに明した田鶴子は屋根裏に寝ている雇人達が、コトリとも音を立てぬ間に床を離れて庭園へ下りた。黄色い霧が昨夜のままに残って、條枝《えだ》ばかりになった地境の立木を包んでいた。

彼女は誘拐された静子のことを思うと、居ても立ってもいられなかった。要求のままに金さえ差出せば命に障りはないと思うものの、昨日一日の事件に、ソニアは過って警官に射殺され、門野は思わぬ最期を遂げ、黄と怪老人は検挙《あげ》られてしまい、そしてロレンゾまで再び姿を晦《くら》ましてしまったことを考え合せると不安が増してきた。尤も伊太利軒の主人が、未だに逮捕されないことが、纔《わずか》に静子の安全を裏書しているように思われた。昼近くに中村と前後して昨夜の刑事が訪ねて来た。彼は黄の自白の顚末《てんまつ》を語って、

『死人に口なしで黄の口供のみに信をおく訳には行かぬですが、金井氏は屢々《しばしば》世間を忍んで幽霊屋敷に出入しておったです。現に金曜日の晩は数人が卓を囲んで密談をやったようです。お嬢様には甚だ申上げ悪い事ですが、金井氏は日伊人合同の贋造紙幣行使団ＬＬ組

の巨魁《きょかい》でした。』

刑事の言葉に中村は憤然として、

『馬鹿を言っちゃァ困る。金井君は日本人倶楽部の委員の一人で、押しも押されもせぬ立派な紳士だ。支那人の証言などが何で当になるものですか。』

『無論今日の金井さんは立派な紳士です。それが今度の不幸を誘致した原因なのです。LL団というのは今から十二年前の警察記録に残っている有名な一団です、金井氏が常に嵌《は》めていた例の指輪はLL団員の証拠で、是が何よりも雄弁に金井氏の素性を語っている訳です。尤もLL団はその後仲間割れがして一時活動を中止していたのです。それを最近に至って門野は何処から嗅ぎ出したのか（恐らくロックを通じて探り得たものであろう。彼は阿片及びコカインの常用者であった関係から伊太利軒へ出入していた）この事実を知って進まぬ金井氏にLL団の再興を強要したのです。勿論門野は只で済す男ではありませんから、金井氏が拒めば旧悪を種に大金を強請《ゆす》る考えだったのです。』

刑事は尚も言葉を続けた。

『金井氏が木曜日の日付で書いた一万円の小切手を現金に換えたのは門野でした。しかし金井氏が死んだ直接の原因は医者の診断通り極度の昂奮で脳溢血を惹起《ひきおこ》したものです。後頭部に残っていた傷は卒倒した時、ストーブの角で打ったものでした。』

黙って刑事の言葉に耳を傾けていた田鶴子、

『矢張私の想像通り、門野さんはずっと前から倫敦に来ていたのですね。パトネエ町にいたのではないでしょうか。昨日私は門野さんの落した手紙の表書にパトネエ町の番地が書いてあるのを見付けました。』といった。

『その通りです。いつぞやパトネエ局発で奇怪な電信が参ったでしょう。あの差出人は門野自身なのです。あの界隈は日本人が少いから郵便局の事務員がよく憶えていました。門野の住んでいた下宿を捜査するとトランクの中から瓶詰のコカインや敷島の袋が幾つもできました。』

## 八

田鶴子は、

『伯父さんも矢張コカインを使っていなすったのですね。私達はちっとも知りませんでした。』と今更のように言った。

ありし日の伯父の姿が、田鶴子の心に浮んでは消えた。居間に鍵をかけて終日家に閉じ籠《こも》っていたり、時ならぬ時刻に行先も告げず家を出て行ったことなどもあった。

『敷島の煙草と見せかけて底の方にコカインが隠匿《かく》されてありました。お嬢様が金井氏のポケットから探出したとおっしゃるのは、その敷島の一つでした。紛失した金井氏の指輪も同じ場所から発見されました。黄の陳述によりますと、指輪は全体で四個しかないので、ロレンゾの父親、金井氏、伊太利軒のロック、それに黄の四人が所持していたのです。尤も黄は同じ指輪を二個所持していましたが、大方一つはロレンゾから奪取ったものでしょう。』と刑事は言った。

『それから例の黒手組のことですが、私共の考えでは、主謀者と目さるる男は、既に高飛びをしてしまって倫敦にはいないのですから、身の代金を持ってゆくことは無駄な行為と思いますが、或は予期せぬ獲物があるかも知れませんから、兎に角出掛けて見ましょう。』

刑事は時間の打合せをして金井家を辞し去った。

翌《あく》る日の午後、田鶴子は金包を持って指定の場所へ向った。そこは動物園前の寂しい一本通りで、小高い丘にある三番目のベンチは、四方から見透される位置にあった。刑事の鋭い目が柵の中の雑木林の茂みに光っていた。田鶴子は金包をベンチの上に置くと、後を刑事に任せて動物園の南入口へ廻った。そこには入場者に交って中村の姿が見えていた。田鶴子は腕時計を気にしながら、十分二十分と物蔭に立っていたが、徒《いたずら》に時間が過ぎてゆくばかりで、冬の日はホロホロと暗くなって行った。

そこへ金包をもった最前の刑事がやって来た。

『指定の時間が過ぎましたから引揚げましょう。黒手組の名を借りて脅迫状を出したのは、吾々の推測通り門野と伊太利軒のロックに違いないです。』と言った。

こうして不安な日が暮れていった。この上は警察と新聞の力を借りて、静子の行方を尋ねるより外に途はない。新聞には懸賞広告を出し、警察には莫大な賞金を提供することとした。その晩田鶴子と中村は将来の相談をしながら、寂しい食堂で食事を摂《と》っていると、玄関の呼鈴が途切れ途切れに三つ鳴った。それを聞くと田鶴子は急いで席を立って、玄関へ走って行った。扉を開けると電灯の光がサッと表へ流れ出た。暗い植込を背景にして、石段の上に立っていた黒い影は、紛れもないロレンゾであった。

『矢張りあなたでした。』

田鶴子は思わず前へ進み寄ったが、ロレンゾの傍の見知らぬ老紳士を見ると、フッと唇を閉じた。

『この方は精神病院長のジョンス博士です。』ロレンゾは田鶴子に言った。

田鶴子は二人を客間へ請じ入れた。

『ロレンゾ君じゃないか、君は一体どこへ隠れていたのだ。僕等はどんなに心配したか分らない。』中村は半ば詰《なじ》るように言った。

『いろいろ説明せねばならぬことが沢山ありますが、先ずこの新聞の切抜を見て貰いましょう。』

ジョンス博士は、中村の手に黄色くなった古新聞の切抜を渡した。それには、「疑問の紳士」という標題で、次のような記事があった——昨朝未明エピソム精神病院門前に行倒れとなっていた紳士は、数時間後に至りて漸く蘇生したるが、一切の記憶を喪失しており氏名すら判明せざれども、人品服装等によりて紳士と認められ、院長の同情の下に同病院に収容されたり。

『その患者が即ちロレンゾ君の父親スタルト氏です。金井氏の死体が発見された金曜日は、例の通り病院で働いていましたが、四時のお茶が済むと間もなく行方が知れなくなってしまったのです、立派な精神病患者で突発性痴呆症とでもいうのでしょう。十二年間喪失《うしな》っていた記憶を何かの拍子で恢復《かいふく》し、自分の家へ帰ったものと見えます。そこで思いがけぬ死体を発見し、驚いて逃走したのです。今ああした殺人罪を犯したのも正気の状態とは思われません。私は医者としての所信を述べて、監獄から病院へ連戻す積りです。』

老博士は熱心に語った。

『そのようなことができますでしょうか。』田鶴子が不安らしく訊ねると、老博士は言下

に、

『御心配には及びません。明日の結果を待ちなさるがいい。』と無造作に言った。

老博士の頼母《たのも》しい言葉は、どんなに心強くロレンゾの胸に響いたであろう。

ロレンゾは博士の物語りが終ると、静かに首をあげた。彼は金曜日の晩、坂下のM通りで幽霊屋敷云々という言葉を聞き、一種の強迫観念から滅多に足を入れたことのない自分の持家へ入って見たのである。彼は薄々感づいていた歴史付の呪われたる幽霊屋敷が、自分の持家であることを堅く世人に秘していた。彼はその幽霊屋敷で思い掛けぬ金井老人の死体を発見し、途方に暮れていると、急に階下の玄関がザワザワして警察の人達が入ってくるのを見た。そんな場所で警官に顔を合せては身の破滅であると彼は咄嗟《とっさ》の間に思い定めて、その場所を遁《のが》れ去った。然し何としても自分の持家に殺人事件が持上ったのであるから、早晩警察から呼出されるにきまっている。そうでなければ自然父親の不名誉を明みへ出すことになるので、思案に暮れているところへ、黄の奸策《かんさく》に乗ぜられて監禁されてしまったのである。

その家は幽霊屋敷と同じく、嘗《かつ》てLL団員の密会場所であった。彼は怪老人のために救い出されたが、このとき初めて老人は十二年前行方不明となった父親であることを知ったのである。二人は倫敦へ引返して伊太利軒のロックを詰問した結果、金井老人を殺した犯人は門野であると知った。そのときロックは僅かの隙に抜道から逃走してしまったのである。老人はロレンゾを強いて、町の旅館に待たせておいて、自分は独り金井家へ向ったが、彼が不安を感じて後を追って行ったときは既に変事の起った後であった。彼はどうすることもできなかった。それで兎に角十二年の間父親の収容されていたというエピソム町の精神病院に、ジョンス博士を訪ねた次第であった。

長い物語を語り終ると、彼は田鶴子の手を堅く握りしめた。老博士はやおら席を立った。翌日はこの事件に直接関係をもつ人々にとって最も悩ましい日であった。田鶴子は朝早くから床を離れて、愛するロレンゾとその父親のために祈り続けた。重苦しい時は遅々として時計の針を動かしていた。ロレンゾが貸自動車で勢いよく金井家の玄関へ乗りつけたのは赤い冬の太陽が坂の上に沈みかける頃であった。彼の瞳は感謝に輝いていた。彼の父は精神鑑定の結果無罪となって、再びエピソム病院へ収容されることとなったのである。勿論ロレンゾに何の罪のかかろう筈はなかった。

『父がエピソムの病院へ収容されてゆく前に、私は是非田鶴子さんに会ってゆくように申しましたが、父は二人が幸福に暮してゆくなら、自分がわざわざ顔を出す必要はない。たとい無罪を宣告されても人を殺したと云う事実を消すことはできない。それゆえ訪問は遠慮するから宜しく伝えてくれとのことでした。』

ロレンゾは内隠袋《うちかくし》から古びた皮製の小箱を取出して、田鶴子の手に渡すと、両頬を紅く染めながら、

『これは先刻別れ際に父が渡してくれたあなたへの贈物です。逝去《なくな》った私の母が一生嵌《は》めていたものなのです。』と言った。

小箱の中には、周囲にダイヤモンドを鏤《ちりば》めたエメラルドの指輪が暁の星を砕いたように燦然《さんぜん》と光を放っていた。

『有難う。まァ何という綺麗な色でしょう。』

田鶴子は美しい目を輝かして、じっと指輪を視詰めていたが、包みきれぬ喜びが優しい唇に浮んできた。

『お互に倫敦はもう沢山ですね。あんな幽霊屋敷はいくらにでも売払って、私共は一日も早く日本へ帰りましょう。』ロレンゾは田鶴子の肩に優しく手をおきながら囁いた。

『エエ、私達にはいつも一番いいことが来るのよ。だから静ちゃんも屹度《きっと》無事で帰って来ますわ。』

田鶴子は堅く何事かを信ずるように言った。

それから数日が経った。伊太利軒のロックと静子の行方は依然として知れなかった。懸賞付の捜査広告が連日の諸新聞に掲げられた。丁度静子が失踪してから五日目に、リバプ

ル市の港町にある古道具屋の老寡婦から、

『静子安全明朝着ク。』という電信があった。

それを受取った金井家はいうまでもなく、吉報はそれからそれと伝わって、静子を知ると知らぬを問わず人々は愁眉《しゅうび》を開いた。翌朝静子は律義らしい老婦人に伴われて元気よく戻ってきた。声をききつけて門の外まで走り出た田鶴子は、静子を堅く抱きしめて嬉し泣きに泣いた。老婦人の話によると、或る日彼女の家へ米国へ渡航する父親と称して、便船を待つ間下宿させてくれといってきたものがあった。そうしたことは有りがちであったから、格別怪しみもせず、三階の一室を貸与えた。然るに父親と称する老人は、五日目の午頃から姿を晦《くら》まして了ったのである。

後から思えば、老人は誘拐事件が新聞広告で評判になってきたので、危険を感じてきたと見え、静子を置き去りにして、自分だけその日の午後に出帆する汽船で、アメリカへ渡ったものに相違なかった。その後で静子の口から誘拐されたと聞き、老婦人は仰天して直に金井家へ電信を打ったのであるという。静子はロックが銀行家と名乗って家屋を見にきた日、田鶴子が市街へ買物に出た後、坂下の本屋で田鶴子の使と称するボーイに会って、伊太利軒へ伴込《つれこ》まれたのである。

それから数日後、ロレンゾはエピソム市の老博士から、父親が再び病院を逃走したという不幸な消息を受取った。伊太利人特有の復讐の念に燃えきっていた老人は、恐らくロックの後を追ってアメリカへ渡ったものであろう。

それからまた幾日かが過ぎた。日毎々々暦の面は賑やかな数字を増してきた。爽かな早春の日が廻ってきたのである。中村氏の媒酌で、或る日ロレンゾと田鶴子は華やかな結婚式を挙げた。

海は明るく平和であった。静子を加えた三人は、波止場に浮んでいる、夢のような巨船に乗って、桜咲く日本へ帰るのであった。

# 解説

## 少女たちの謎解き

作家松本泰が残した探偵小説のなかで、舞台を日本に設定したものとロンドンに設定したものを、それぞれひと作品ずつ本書に収録しました。この二つの作品は、一九二八（昭和3）年に平凡社より、『現代大衆文学全集　全十五巻　松本泰集　欺くべからず外五篇』として刊行されたものです。

松本泰は、慶応義塾大学を卒業すると、すぐにロンドン遊学に立つのですが、その体験をもとにしてロンドンを舞台にした作品を書いたのでしょう。こうした作品は、松本泰探偵小説の特色の一つと言えます。また、日本が舞台の「紫の謎」も、ロンドンが舞台の「黄色い霧」も、共に色が題名に組み込まれているだけでなく、作品世界にも色彩表現が散らばっているのも面白いと思います。

この二つの作品「紫の謎」「黄色い霧」は共に、お嬢様育ちの少女が、父親に起因するさまざまな悪事に巻き込まれながら、しかも誰が味方なのかもわからないまま、秘かな恋心に支えられて謎解きを展開するという物語となっています。

「紫の謎」では、「凄まじい夕陽」が「聖マリヤ学院の甍を赤々と照」らす場面から始まります。そして、その「広い構内には到るところに緑が溢れてい」るとあります。このような鮮やかな色彩の世界での女子ミッションスクールの卒業式から、刑務所に収監されている父親に会おうと決意し、高等女学校を終えたばかりの吉野友子はひとり暗闇を突きぬける夜行列車に乗ったのです。登場人物、隠語、事件の現場に落ちていた「紫色の羽織の紐」などの小道具、さらには「目黒」という地名や、「日支合同の紙幣贋造団」までもが「紫夫人と綽名され」ていて、さまざまな色が世界を彩ります。そんな大都会のなかで、次々と友子が出会う人たちは味方なのか敵なのか、そして誰の言うことが本当で誰の言うことが嘘なのか、彼女には見当がつきません。駅で出会った大野進への友子の心の揺れがどの程度事実を見えにくくするのかを読者は推し量りながら、この物語の謎解きを友子と共に挑むことになります。

「黄色い霧」は、色彩だけでなく、ロンドンが舞台なだけに国際性も豊かです。事件は、十三歳になる金井静子の父がパリに行くはずだったのに、ロンドンの「評判の幽霊屋敷」で病死したことから始まりました。静子の父の姪である田鶴子が心寄せるロレンゾはイタリア系日本人です。そして、「紫の謎」同様に、「贋造紙幣」が関係した事件だということが示されます。エメラルドの指輪や黄色い水仙、そして題名となった「黄色い霧」や悪の組織「黒手組」などのさまざまな色彩表現はもちろん、中国系美少年の秘密など隠された事実も巧みに設定されていて、物語の展開を楽しめます。また「紫の謎」も大野進に惹かれる友子と謎解きに挑んだように、今度はロレンゾに心が揺れる田鶴子と謎解きに挑むことになります。

この二つの作品は、いずれも犯罪の闇に追い込まれた少女の恋心と事件の謎解きとが重ねられた構図を持ち、その謎が解き明かされる時に少女の恋が成就するという、ミステリー少女ロマンスだと言えます。

（江藤茂博）

## ✦パール文庫の表記について

古い作品を現代の高校生に読んでもらうために、次の方針に則って表記変えをした。

①原則として、歴史的仮名づかいは現代仮名づかいに改め、旧字体は新字体に改めた。
②ルビは、底本によったが、読みにくい語、読み誤りやすい語には、適宜付した。
③人権上問題のある表現は、原文を尊重し、そのまま記載した。
④明らかな誤記、誤植、衍字と認められるものはこれを改め、脱字はこれを補った。

## ✦底本について

本編「紫の謎」「黄色い霧」は、松本泰著『現代大衆文学全集　第十五巻　松本泰集　欺くべからず外五篇』（株式会社平凡社、昭和3年）を底本とした。

✦パール文庫作品選者

**江藤茂博**〈えとう・しげひろ〉

長崎市出身。高校や予備校の教師、短大助教授などを経て、現在は二松学舎大学文学部教授。専門は、文芸や映像文化さらにサブカルチャーなど。受験参考書から「時をかける少女」やミステリー他の研究書まで著書多数。

✦表紙・本文イラストレーター

**森雅優実**〈もり・あゆみ〉

のそのそ絵を描いて生きている。可愛い服やかっこいいポーズを考えるのが好き。心情や雰囲気を大切にした絵作りを目標にしている。代々木アニメーション学院イラストコンテスト入賞者。

パール文庫《ぶんこ》
紫《むらさき》の謎《なぞ》

平成26年6月10日　初版発行

著　者　松本《まつもと》　泰《たい》
発行者　株式会社 真　珠　書　院
代表者　三樹　敏
印刷者　精文堂印刷株式会社
代表者　西村文孝
製本者　精文堂印刷株式会社
代表者　西村文孝

発行所　株式会社 真　珠　書　院
〒169-0072　東京都新宿区大久保1-1-7
電話(03)5292-6521　FAX(03)5292-6182
振替口座　00180-4-93208


ISBN978-4-88009-612-4
Printed in Japan
カバー・表紙・扉デザイン　矢後雅代
イラスト　森雅優実（代々木アニメーション学院）

# 「パール文庫」刊行のことば

「本」というものは、別に熟読することが約束事ではないし、ましてや感想文や批評をすることが必然なわけでもない。要は面白かったり、楽しかったりすればいいんだ。そんな思いで「本」を探していたら私が子供のころに読んだ本に出会った。

その頃の「本」は、今のように精緻でもなければ、科学的でもない。きわめていい加減だ。でも、不思議なことに、なんとなくのどかでほのぼのとして、今のものとは違うおおらかさがある。昔の本だからと言って、古臭くない。かえって、新鮮な感じさえするし、今とは違う考え方が面白い。だから、ジャンルを限定せず、勇気をもらえたり、心が温かくなるものをひろって、シリーズにしてみたいと思ったのが「パール文庫」を出そうと思った動機だ。

もし、昔の本でみんなに読んでほしいと思う作品があったら推薦してほしい。

平成二十五年五月